三角的距離無限趨近零 7

Bizarre Love Triangle

岬 鷺宮
Misaki Saginomiya

illustration◊Hiten

Kadokawa Fantastic Novels

序章
Prologue

【Sunny Morning】

Bizarre Love Triangle

三角的距離無限趨近零

這是個神清氣爽的早晨。

參加完班級聚會的隔天，我在四月即將到來的春假早晨醒來。

我在床上伸個懶腰，趕跑讓腦袋昏沉的睡意。

「呼啊～～……睡得真飽～～」

我從以前就一直都睡得很好，幾乎不曾睡過頭，也都能正常吃下早餐。雖然在別人眼中，我可能是個身體很差的傢伙，但事實意外地並非如此。尤其是在早上的時候，我經常能徹底消除大腦的疲勞，在絕佳的狀態下醒來。

而且我今天不知為何覺得心情特別好。

我環視周圍，發現陽光從面向東方的窗戶穿透窗簾射了進來。

從小學時代用到現在的天然木製書桌，還有同樣材質的書架。書桌旁邊掛著制服，還擺著釘在軟木板上的朋友照片。

就連這幅看慣的景色都變得比往常耀眼。

是因為春天來了嗎？還是因為身體狀況好得不可思議？

「起床吧！」

我大喊一聲，從床上下來。

在換上居家服的同時，我思考今天的計畫。

吃完早餐，做好出門的準備後，我該怎麼做呢？我已經跟秋玻與春珂說好，在春假期間要盡量每天見面。那今天該做什麼？要去哪裡玩嗎？稍微出個遠門或許也不錯，去某個共通朋友的家裡玩也行。待在我或是她們的家裡打發時間也是不錯的主意。

啊～～不過，我們雙方家裡應該都有父母在場～～感覺會讓人頗為緊張耶～～

「嗯嗯嗯～～嗯。」

我一邊哼著歌玩Line一邊走下樓梯前往客廳。

空氣中飄散著早餐的誘人香味。今天吃的是……嗯，我猜是烤魚吧。

操縱Line的手指異常輕快。仔細想想，在漫長的休假期間也能跟秋玻與春珂見面，實在讓我非常開心。

我跟她們果然很合得來。聊天的時候，我們經常對某些事情有著同樣的想法，而她們也很了解我這個人。在不用上學的日子裡也能見到這樣的知己，也算是一種簡單的幸福。更何況，她們都是非常可愛的女孩。

「早啊！」

我隨口打了招呼後走進客廳。

「今天的早餐是……啊，果然是烤魚。媽，謝謝妳。」

「……咦？嗯、嗯。」

仔細一看，已經坐在餐桌旁的老媽一臉不可思議地看著我。

「你喜歡就好……」

嗯？怎麼了嗎？她怎麼一臉疑惑的樣子？

我決定不去多想。當我走向自己的座位時，老爸似乎也正要開始用餐。

「咦？爸，你今天休假嗎？」

「嗯？是啊，今天是星期六，公司不用上班。」

「啊～對喔！哈哈，不用去上學的時候果然會讓人搞不清楚星期幾呢～～」

「是……是啊……」

老爸也一手拿著杯子，皺起眉頭看著我。

怎麼連老爸都這樣？總覺得情況有些不對勁。

我知道了。說不定只是因為咖啡很苦吧。畢竟他總是喝偏濃的黑咖啡。

我不以為意地坐在自己的椅子上，開始享用早餐。嗯，好吃。

老媽原本就擅長做菜，但今天是連每一粒米飯都讓我覺得美味。魚烤得恰到好處，味噌湯也是我熟悉的味道，令人感到安心。我在心中向老媽深深致謝。

「啊，對了。」

我突然想到一件事，詢問他們兩人的意見。

「我今天可以找朋友來家裡玩嗎？」

「嗯？可以是可以啦……你要找誰來玩？是修司同學？還是須藤同學？」

「不，我想找一個名叫水瀨的女同學來玩。對喔，我還沒介紹她給你們認識。她是我升上二年級以後，跟我相當要好的女同學。所以，我今天想找她來家裡，跟她一起打發時間～啊，她不是我女朋友喔。雖然我們之前交往過一陣子，但現在只是普通朋友，你們大可放心。」

——現場的氣氛完全凍結了，沉默籠罩著餐桌。

老爸和老媽都停下用餐的動作，默默注視著我。

……咦？怎麼了？發生什麼事了？

他們怎麼從剛才就怪怪的？我臉上有什麼東西嗎？

我有些在意，忍不住摸了摸自己的臉。

「……你怎麼了？」

把筷子伸向烤魚的老爸反過來說出我想問的問題。

「四季，你今天好像有點反常喔。」

「咦？有嗎？我覺得自己跟平常一樣啊。」

「我也覺得你跟平常不太一樣……」

連老媽都贊同老爸的想法，一臉擔心地這麼說。

「總覺得……你好像比平常活潑……而且更愛說話。」

「咦？真的嗎？」

是這樣嗎？我只是想找朋友來家裡玩，他們有必要說成這樣嗎？雖然我過去很少跟他們提到秋玻與春珂的事情……

……啊，不過，我跟秋玻與春珂的關係現在確實有些複雜。

她們希望我明確說出自己到底喜歡誰，讓我拚命不斷思考。我們就處在這種差不多該認真做出選擇的階段。在這種情況下邀她們來家裡，也許是有些大膽的行為。

可是……嗯，我們感情很好也是事實，跟她們在一起又很開心。所以，我覺得找她們來家裡玩並不是什麼大不了的事。

「四季，你真的沒事嗎？」

老媽還是靜靜注視著我。

「你過去從來不曾像現在這樣，在吃早餐的時候說這麼多話耶。」

「……啊～～的確。」

經老媽這麼一說，我才發現好像是這樣。我過去頂多會在吃早餐的時候說句「我開動了」，真的很久沒有像這樣跟父母閒聊。

這到底是為什麼？是因為身體的狀況嗎？

「而且……你竟然還說要找朋友來玩……」

老爸終於放下筷子，緊緊交抱雙臂。

「你以前幾乎不曾找好朋友來家裡玩……怎麼會突然想這麼做……」

這確實也是事實。

讓別人進到我的私人空間，總是讓我有種莫名的抗拒感，我想讓私人空間只屬於自己，所以幾乎沒邀過朋友來家裡玩。

「……嗯嗯？」

奇怪……這件事好像真的有些奇怪……

仔細想就會發現這整件事都不太對勁。

老媽和老爸提到的問題也是如此，但我起床至今的心理狀態與步伐，還有主動向父母提起秋玻與春珂這件事，其實都有些奇怪。

換作平常，我應該不會做這些事情吧？

尤其是第三件事。我至今從沒有告訴過父母秋玻與春珂的事，因為我還是會覺得難為情，不想告訴父母自己交了女朋友。以一個高中生來說，我覺得這很正常。

可是，我這次……又為何要坦白說出她們兩個的事？

換作以前的我，應該會採取不一樣的做法吧？

我應該會……更謹慎，不讓這件事情曝光才對……

然後——我發現了。

奇怪？如果是原本的我，到底會怎麼行動呢？

如果是過去的我，在這種情況下會懷著什麼想法，又會做出什麼樣的行動？

我不知道。我變得不知道自己這時候該如何行動了。

我到底該怎麼說話？

我該用什麼樣的態度面對家人？

之後一整天的行動，我又該如何做出決定？

我試著想了一下，腦海浮現許多想法。可是，每種想法好像都不是正確答案。

總覺得那些想法都不像是我的作風。不管我說什麼話，做什麼事，都好像不太對勁，讓我莫名無法靜下心來。

「……嗯嗯嗯嗯～～？」

我不由得交抱雙臂，陷入沉思。

父母一臉不安地看著我。

這到底是怎麼回事？總覺得我好像搞不懂了。

——我……

矢野四季——原本是個什麼樣的人？

第三十五章
Chapter.35

【百色眼鏡】

Bizarre Love Triangle

三角的距離無限趨近零

「——喔、喔喔……！」

我一大早就收到矢野同學傳來的訊息。

這讓我——水瀨春珂忍不住叫了出來。

四季：『早安！今天的天氣好到不行呢！（太陽的表情符號）』

四季：『（比讚的官方貼圖）』

四季：『妳們那邊呢？妳們兩個還好嗎～～？』

「……咦？這是矢野同學嗎？」

這真的……是矢野同學傳來的訊息嗎？

他說話的口氣是不是不太對勁……？總覺得……這未免太陽光了吧！

在班級解散會的隔天早上。即使感到有些不捨，高中二年級也依然就此宣告結束，

感覺春假終於要開始了。

吃完早餐後，秋玻在房間裡跟我對調，正當我思考接下來該做什麼的時候，就收到

了這些訊息。因為我正放鬆心情，腦袋裡一片空白，就被這些訊息殺得措手不及。
這是怎麼回事？難不成是整人遊戲嗎……？
除此之外，他還說了下面這些話。

四季：『我就跟平常一樣活力十足喔（秀肌肉的表情符號）。』
四季：『（活力十足！某個角色露出笑容的貼圖）』
四季：『（某個角色正在跳舞的貼圖）』
四季：『（諧星搞笑的有聲貼圖）』

「不會吧……」
這是怎麼回事……這種難掩興奮的口氣……簡直就像玩咖……
他果然是想要捉弄我對吧……？
……不，我要冷靜。先冷靜下來再說。
我試著深呼吸，迅速回顧他過去傳來的訊息。
說不定他原本就是這樣說話的。只要冷靜觀察，或許就會發現他傳來的一直都是這種訊息。畢竟有不少人實際說話的口氣都跟簡訊不一樣……

四季：『讓我們今天一起努力吧。努力讓大家都能玩得盡興。』

四季：『絕對沒問題。多虧妳們兩個的努力，我覺得我們準備好舉辦一場最棒的班級聚會了。』

四季：『不過，更重要的是……』

四季：『我希望妳們兩個能玩得開心。讓我們把今天變成美好的一天吧。』

嗯，不一樣。果然完全不一樣。

他在昨天以前傳來的訊息就跟我印象中的一樣，既溫柔又纖細，充滿理性與對我們的關懷。完全符合我喜歡的矢野同學的形象。

……嗯，看來我不得不承認了。

我必須面對現實……

換句話說……

「今天的矢野同學……好像不太對勁！」

——他是在五分鐘左右前傳來第一則訊息。當時似乎是秋玻現身的時候。

她好像也立刻察覺情況不太對勁，透過日記告訴我：「矢野同學有點奇怪，記得查看Line的訊息。」看到她的留言後，我馬上拿出手機確認，這才注意到他的變化。

此外，秋玻還果敢地回覆矢野同學，繼續跟他聊下去。

而他答覆的口氣還是莫名興奮。

四季：『秋玻，妳果然也覺得我很奇怪對吧！真的假的～～果然是這樣啊～～（傷腦筋的表情符號）』

四季：『話說，妳光看簡訊就看得出來，也未免太厲害了吧！我今天真的有那麼奇怪嗎？（笑）』

四季：『不，原因我毫無頭緒。所以，我想去醫院檢查一下～～！』

……我開始頭暈了。

這些訊息應該不是別人寫的吧……？比如說，是伊津佳或Ｏｍｏｃｈｉ老師在假扮矢野同學之類……不，我想應該不是這樣。我覺得她們絕對不會做這種事情。

話說……矢野同學說要去醫院，應該是要去確認他這種奇怪心理狀態的原因吧？我想他八成不是要去幫人治病療傷的醫院，而是要去處理身心問題的醫院……

我跟秋玻也會去那種醫院，因為雙重人格，我們已經很熟悉那種地方了……但那不是該用這種口氣說的話吧？說這種話的時候，不是應該更嚴肅一點嗎……

「……呼。」

我想著這些事情，躺在床上喘口氣。

不過，這件事確實很難讓人覺得緊張。

以前，矢野同學給人的感覺也曾經變得很奇怪。具體來說，那是教育旅行時發生的事情。他刻意不去正視自己的心情，結果就在迷迷糊糊的狀態下度過教育旅行。當時的他讓人十分緊張。周圍所有人都能感覺到他很奇怪，也覺得必須設法解決這個問題。

可是……

不知為何，他這次反倒變得很陽光，比平時的他還要有精神。與其說沒有危機感或是擔心他的精神狀況……老實說，我覺得這情況……好像有點有趣，總覺得想笑……

「……不過，我們或許也該幫忙想想辦法。」

我轉身趴在床上，看著手機擺動雙腿，然後換了個想法。

他正要在我和秋玻之間做出選擇。這說不定是我們造成的問題。或許是因為我們對他造成心理上的負擔，他才會變成這樣……

如果真是這樣，那我們就得設法解決這個問題。

若去醫院可以治好就沒問題，但要是醫院治不好，就得由我們幫助矢野同學恢復正常。我覺得我和秋玻有責任這麼做。

更何況，我們的時間有限。

人格對調的時間依然不斷縮短，已經低於二十分鐘了。不知道這種狀態還能維持多久。

我想——這件事肯定會在春假期間有個結果。

所以，為了矢野同學，也為了我們兩個，我們必須立刻行動！

「……好，我要加油！」

我點點頭下定決心後，翻開擺在書桌上，秋玻留下訊息的那本日記，寫下我要給她的提議。

*

「——喔～秋玻，真是不好意思！」

當天傍晚。

我——水瀨秋玻來到約好碰面的勤勞福祉會館。

矢野四季……應該是他的男生，正露出爽朗的笑容向我揮手。

「不好意思喔～～麻煩妳特地跑這一趟，而且還是為了我的問題～～」

「不，沒關係……畢竟這是我們提出的要求……」

面對他無憂無慮的笑容，我僵硬地如此回答。

「而且我可能也是原因之一……」

「不不不，沒那種事吧。先去我家再說吧！跟我來！」

矢野同學用我從未聽過的語氣這樣說，走在前面為我帶路。

他看起來毫無疑問就是原本那個矢野同學，頭髮滑順，皮膚白得令人羨慕，還有纖細端正的五官，以及溫柔的眼睛。

可是——

「話說，花粉也快要變多了吧。」

他回過頭，開心地這麼問道。

「真是有夠難受。秋玻，妳們兩個有花粉症的問題嗎？」

「這、這個嘛……我們的故鄉沒有杉樹，所以過去都沒這個問題——」

「——咦！真的假的！北海道沒有杉樹嗎！」

「是……是啊……」

「那裡根本就是天堂吧！真想搬過去住～～……我是真的想把老家和學校整個搬過

去～～……可是，妳們搬來這裡後，就因此得到花粉症了是嗎？」

「嗯，是……是啊……」

……怎麼辦？他簡直變了個人。

不管是精神狀態，還是表情與說話的方式，全都變得像是別人。

總覺得……讓人非常放心不下！

——**我們實際去跟矢野同學見面吧！**

春珂在日記本上寫下這樣的主張。

我們是在今天早上發現矢野同學傳來的訊息不太對勁。

——**先確認他是不是真的變了，再想想有沒有我們能幫上忙的地方吧！**

我也覺得這麼做比較好。

這件事我們或許也有責任，必須盡快找出解決辦法。剩下的時間不多了，沒時間讓我們慢慢進行。

既然如此——實際見面就是最好的辦法。

於是，我們向矢野同學提出想見面的要求。而他也回我們「等我從醫院回來，傍晚以後應該有空喔～～！」這樣充滿活力的答覆，結果我們就跑來找他了。

「哼哼哼哼～～……」

矢野同學一邊哼著歌一邊走路。

他傳來的簡訊就讓我嚇了一跳，實際見面以後，那種震撼力又更強大了……

毫無陰霾的笑容，以及活潑開朗的說話方式。

人際距離掌握得恰到好處，沒有太多顧慮，但也不會令人不快——

……就像騙人的一樣。矢野同學竟然會變成這樣……

他已經變成完全相反的人了。

現在這個活潑外向的他，跟我認識的他完全相反……

在思考這些事情的同時……我突然想起一件事。

……不對，仔細想想就會發現，我好像曾經見過這樣的矢野同學……

比如說，我們剛認識的時候，那個在旁人面前扮演「開朗角色」的矢野同學。還有就是，那個在文化祭的尾聲，為了讓舞台活動成功而鼓勵表演者的矢野同學。我記得當時的他就給人這種感覺，開朗的表情、輕快的語氣、充滿陽光的言行舉止——

即使如此……那終究只是矢野同學的演技。

現在的矢野同學應該不是在扮演這種角色。我猜他是因為跟當時完全不一樣的理由才會變成現在這樣。

「……妳有心事嗎？」

他突然這麼問我。

「我看妳表情這麼嚴肅，還一直不說話……」

「……我當然有心事。」

我忍不住回給他一個笑容，說出這樣的回答。

「畢竟你突然變了這麼多……」

「嗯，說得也是。」

說完，矢野同學哈哈大笑。

令人不可思議的是，我並不討厭變成這樣的矢野同學。他與人親近的方式不會讓人覺得不舒服，這反倒給我一種奇怪的不協調感，感覺非常新鮮有趣。跟他說話的時候，我甚至有點想笑。

不過，我覺得有這種想法不太妥當，所以就沒有明說了……

＊

「——就是這裡～～這就是我家。」

「哦，原來是這裡……」

走了五分鐘左右，我們抵達矢野同學的家。

「哇……哦……」

我忍不住發出感嘆的聲音。

他家出乎我的意料——是一間看起來很可愛的獨棟房子。

這間房子有白色的牆壁與紅色的屋頂。也許是因為他家人的興趣，院子裡種了花，而且整理得很漂亮，感覺就像是會出現在以前圖畫書中的那種夢幻房屋。

……總覺得這間房子也跟矢野同學的形象有落差。我還以為……他會住在那種外表更冰冷，更樸素的房子裡。

不過……嗯，這些花很漂亮。如果住在這種房子裡，應該每天都會心情很好吧。

這到底是誰的興趣呢？他母親？難不成是他父親？

我猜應該不是矢野同學，他又說過自己沒有兄弟……那應該就是父親或母親了吧。

正當我想著這些事的時候——

「——你們終於到了，歡迎來我們家玩！」

他的母親出來迎接我們，消除了我內心的疑惑。

「噢，媽，她就是我跟妳提過的水瀨同學。」

「哎呀～～謝謝妳關心我們家的四季～～來，快進來吧。」

她是位開朗的母親。

她跟（原本）文靜的矢野同學正好相反，是個適合面帶笑容的可愛母親。

她身上的衣服到處都是花的圖案。不管是針織上衣、裙子邊緣，還是用來束起輕飄飄頭髮的鯊魚夾上，都有裝飾著花。另外……她手裡還拿著一個漂亮的白鐵澆水壺。

……原來如此，喜歡花的人肯定就是她。原來這些花是他母親種的。

順帶一提，如果仔細觀察就會發現她的五官跟矢野同學很像，尤其是眼睛和鼻子一帶，簡直一模一樣，讓我明明是初次見到她，卻有種懷念的感覺……

「打……打擾了……」

我低著頭走進玄關，同時發現自己馬上就喜歡上這個人了。

在矢野同學的帶領下，我來到他位在二樓的房間。那是間將近四坪，能讓人心情沉靜的房間。

……沒錯，這房間就跟我對矢野同學的印象完全相符。

不管是家具還是書架上的書，全都充滿了我熟知的矢野同學風格。

就是因為這樣——

「啊～媽，謝謝妳的茶！妳幫了大忙喔～～！」

矢野同學精神抖擻地向端紅茶過來的母親道謝。看著他的一舉一動，就讓我覺得很不適應。

……不過，向他母親道謝並不是件壞事。

然而，連他的母親都有點被嚇到了……即使在他父母眼中，現在的他也還是不太正常。

「……所以，謝謝妳願意過來。」

喝了口紅茶後，坐在矮桌對面的矢野同學開口了。

「話說，真是抱歉！讓妳們操心了。哎呀～～我也不曉得自己怎麼會變成這樣。」

「是喔……」

我想讓心情平靜下來，也跟著喝了口紅茶。

根據我目前為止的觀察，這似乎不是什麼迫切的危機，應該先放鬆心情掌握現況才對。

「我順便問一下，你去過醫院了吧？」

「嗯，我去過了～～」

矢野同學興奮地如此回答，說得像是剛去看過熱門電影一樣。

「可是，醫生也查不出原因，只說這八成是壓力造成的影響，開了些藥給我吃。好像是鎮靜劑吧。」

「結果呢？你覺得有效嗎？」

「哎呀～～這我也不知道，感覺沒什麼效果吧～～因為我覺得自己會變成這樣，不像是因為心裡覺得不安或痛苦。」

「這樣啊……」

原來不是因為他內心不安啊……

這件事讓我感到慶幸，稍微鬆了口氣。

矢野同學是個正經八百的人。我一直很擔心，不知道他是不是因為肩負太多壓力才變成這樣，也擔心可能是因為昨天的班級聚會，以及那段時間發生的事情，讓他內心的壓力達到極限。事實上，這種事情過去也曾發生過。

可是，既然他本人對此毫無自覺，目前應該就沒有令他太痛苦的事情。

這個事實讓我暗自鬆了口氣。

「……我順便問一下，這種狀況維持多久了？你對原因有頭緒嗎？」

「我發現自己變奇怪～～……嗯，好像是在吃早餐的時候吧。」

矢野同學拿起擺在盤子上的餅乾，對我點了頭。

「先是我父母問我怎麼了，他們兩個都被我嚇到了。然後，我仔細想了一下，發現自己確實很奇怪，覺得自己應該不是這種個性。」

「噢，所以你知道自己不太對勁吧？」

「沒錯沒錯～～啊～～不過，我不是感覺得出自己很奇怪，而是仔細回憶後才有這種感覺。就是把現在的我跟以前做比較。」

原來如此，他知道自己不太對勁這點，也跟教育旅行那時候不一樣。

當時的矢野同學似乎沒發現自己不對勁。

看來我不能把這件事跟當時的情況混為一談。

「可是……」

說完，矢野同學稍微探出身體。

「雖然我是在吃早餐時發現自己變得奇怪，但仔細想想，又會覺得好像在更早之前就變成這樣了。」

「這個我也有想過。你昨天的情況如何？你是從那時候就變了個人嗎？」

「這個嘛，我昨晚要睡覺以前，好像還不覺得自己變得奇怪。感覺還算正常，至少不會覺得奇怪。」

「原來如此……」

我點了頭，想了一下。

他在睡覺以前還很正常，吃早餐的時候就變奇怪了。

這樣有些不可思議。

換句話說，矢野同學——是在睡覺時變成這樣的。

……這種事有可能發生嗎？

一個人的個性在睡覺時改變，這種事實在太不可思議了……

就在這時——我發現體內的春珂要醒過來了。

看了一下時鐘，發現離剛才對調已經過了快二十分鐘。我們差不多又要對調了。

「抱歉，矢野同學，我們好像快要對調了。」

「啊～～沒問題。」

矢野同學早就習慣這種事，非常自然地說出這句話，視線從我身上移開。

這份體貼就跟過去的他毫無分別，讓我不自覺地鬆了口氣。

「春珂也知道這件事，之後就請你們一起想辦法吧。」

「嗯，交給我們吧。」

看到矢野同學笑著這麼說，我便低頭隱藏自己的臉。

我感覺到意識逐漸下沉，不管是眼裡的景色還是聽到的聲音，所有五感都迅速離我遠去——

*

「——話說回來，妳們對調的速度真快。」

之後，我跟矢野同學不斷反覆確認狀況。

我——春珂現身已經是第三次了，而這也讓矢野同學突然說出這句話。

「妳們真的沒多久就要對調一次。這樣沒問題嗎？會不會覺得混亂？」

「噢，不會，這不成問題……」

我發現盤子上的餅乾已經沒了，懷著些許遺憾點了頭。

我原本想吃掉最後一塊餅乾……肯定是被秋玻那傢伙吃掉了。吃掉餅乾的人也可能是矢野同學，但我猜八成是秋玻吃掉的，因為她很喜歡吃這種奶油香濃厚的餅乾……

「對調的速度確實有點快，但我們已經習慣了。不好意思，讓你擔心了。我們沒問題的！」

今天的討論重點是矢野同學的精神狀況。可是，他還是主動關心我們的狀況，或許他仍是原本那個溫柔的矢野同學。

我懷著不可思議的心情，定睛注視著眼前的矢野同學。

——我們聊了很多，結果還是找不到讓他變成這樣的原因。

拜秋玻所賜，我們找到了矢野同學改變的時間點，以及他跟過去不一樣的地方。可是，我們的成果就只有這樣。目前完全無法得知更多事情。

嗯～～……這下子該怎麼辦呢？事情到了這種地步，我們已經束手無策。

因為毫無辦法，只能跟他一起正常地度過春假嗎？而且要在這種狀況下，讓他在我們之間選擇一個？

……這應該也不是好事吧。我總覺得這樣好像有些勉強。

「那個，對不起～～」

正當我獨自想東想西時……

矢野同學突然往後一靠，用雙手撐在地毯上，說出了這樣的話。

「嗯？對不起什麼？」

「就是～～我竟然在這種時候發生這樣的狀況……」

說完，矢野同學露出苦笑，抓了抓頭髮。

「現在其實根本不是做這種事的時候吧？妳們兩個對調的速度都變這麼快了，我必須想清楚自己到底喜歡誰。可是～～我怎麼會在這種時候出狀況？我真的很抱歉～～我會盡快治好自己！我會努力不給妳們添麻煩，請妳們給我一點時間！」

——聽到他這種說法。

——又看到他那種傷腦筋的表情。

「……呵、呵呵呵……」

讓我忍不住笑了出來。

糟糕……這種情況明明不該笑，可是，我真的停不下來……！

如我所料，矢野同學也露出一頭霧水的表情。

「咦～～怎樣～～怎麼了？春珂，妳在笑什麼？」

「沒有啦，就是覺得很好笑……啊哈哈哈。」

「妳到底在笑什麼啦？」

「因為……因為……」

我笑得太開心，還差點流下眼淚。

我一邊擦去淚水一邊再次開口。

「我想到如果是以前的你，絕對不會說那種話……」

我試著想像了一下。沒錯，果然是這樣，絕對是這樣。

如果是以前的矢野同學，就不會在這種狀況下做出這種反應。

「咦～～那我會怎麼說話？妳覺得如果是以前的我，這種時候會有什麼反應？」

「我猜……你現在應該會非常沮喪。」

……嗯，錯不了。

矢野同學肯定會那樣。他應該會沮喪到讓我嚇一跳的地步。

「因為你是個超級正經的人，肯定會覺得自己有很大的責任。你明明沒有那麼大的過錯，也一定會說出『真的很抱歉，都是我不好。可是，我絕對會設法解決這個問題！不會給妳們添麻煩！』這種話。」

在說出這些話的同時，我腦海中也浮現出他說著同樣台詞的景象。

我跟秋玻對調的速度變快這件事，並不是矢野同學的責任。更進一步來說，矢野同學會變成現在這樣也不見得是他本身的問題。

可是，矢野同學把這些問題全部一肩扛起。

這讓在旁邊看著的我很擔心，也覺得這樣的他很惹人憐愛。

「啊，不過，我不是說現在的你不好喔！」

我突然感到不安，慌張地補充說明。

「我反而感到放心了。有人願意用輕鬆的態度面對這件事，也不是什麼壞事。我覺得這很新鮮，也很有趣。」

我不討厭現在的他，也不想說出「還是原本的矢野同學比較好！把他還給我啦！」這種話。

雖然他要是無法復原，我也會困擾……但現在的他難得可以從容面對問題，我不希望否定這種變化。

然而——

「……原來如此，如果是平時的我，應該會垂頭喪氣是嗎？」

他的口氣——突然變得不帶情感。

他維持著原本的姿勢，露出陷入沉思的表情——

「原來這種時候我會過度沮喪啊……」

「嗯，是啊，我覺得應該會……怎麼了？」

我覺得矢野同學給人的感覺好像改變了。

剛才那種開朗的態度彷彿蒙上了一絲陰霾。

之前一直完美無缺的積極性格也像是出現了一點裂縫——

「我是不是說了什麼不好聽的話……？」

「不，沒那回事。」

說完，矢野同學對我笑了笑。

「不過，這樣我就懂了。原來我之前是那樣的傢伙啊……」

即使如此……我還是有些不安。

這是怎麼回事？我好像又按下了某種開關。

可是，我現在還不知道那是什麼樣的開關，所以沒辦法彌補過錯，也沒辦法說些好聽的話。

「……那就好。」

我只能說出這種含糊的回答。

所以，我至少要說出這件事。我要告訴秋玻曾經發生過這種事情。

我偷偷拿起手機，用擅長的九宮格輸入法把剛才發生的事記在記事本上——

＊

「……謝謝妳們今天的幫忙。」

為了送我回來，我們來到我家前面。矢野同學說出這句話，試著露出笑容。可是，他好像笑不太出來，只有嘴角稍微動了一下。

「不會，我才要謝謝你送我回來。對不起，沒能幫你找到解決的辦法。」

「不，沒關係。真的很對不起……」

說完，矢野同學垂下肩膀。

「抱歉，我會盡快讓自己恢復原樣……」

看著這樣的他——

看著他意志消沉的樣子——我也開始感到混亂了。

——他太沮喪了。

很顯然沮喪過頭了——

矢野同學看起來——跟剛才完全不一樣。

我是在第四次跟春珂對調以後才注意到這件事。

矢野同學原本一直高昂的情緒冷卻了些。他說話的音量變小，表情變得陰沉，說話方式也變得保守。

起初，我還以為他逐漸恢復了，以為他剛才那種精神狀況只是偶發的激動情緒，不會持續太久。

可是，後來矢野同學的情緒越來越低落，在恢復平時的狀態後又繼續往谷底前進，現在……已經低落到我從未見過的地步。

……為什麼？

為什麼事情會變成這樣……？

我面對他，愣了一下。

如果是以前的矢野同學，這確實是會讓他沮喪的事情，但應該還不至於讓他沮喪成這樣。可是，他怎麼會變成這樣……？

然後——我瞥了手機一眼。

透過春珂留下的訊息，我勉強搞懂事情的來龍去脈了。

——當妳現身的時候，矢野同學說不定會陷入沮喪！

——抱歉，我說了不該說的話！我覺得那句話就是契機！

——當時，我們正在討論過去的他應該會有什麼反應——

原來如此，我大致明白當時的情況了。

也就是說，矢野同學是聽到春珂說「如果是以前的你，應該會表現得更沮喪」，才會變成現在這樣。那些話變成某種契機，讓他出現了變化……

……我想到了兩個假說。

雖然只是我的想像，只是一個外行人根據眼前的情報硬編出來的故事，但我還是想到了兩個相當有說服力的假說。

首先——是「矢野同學做了調整」。

矢野同學根據春珂提供的「過去的矢野同學情報」，調整了自己的人格。

換句話說，他應該是試著讓自己變成春珂想要的自己。

當然，他對此應該沒有自覺，而是一種無意識的行為。

而如果事情真的是這樣……其他事好像也能得到解釋了。為什麼他會變成這樣？他到底需要什麼？

至於另一個假說，則跟「我和春珂」的狀態也有關係。

矢野同學現在這種不穩定的狀態，給我一種隱藏不住的「熟悉感」。

——那就是人格的解離。

換句話說，他跟我們一樣——都是多重人格者。

以前的矢野同學、今天早上的矢野同學，以及現在的矢野同學。

雖然對調的過程很平順，但也不是不能把他們都看成是不同的人格。他有可能是承受著某種巨大的壓力，跟我們一樣人格分裂了。

而春珂那句話——或許就成了契機，使那些人格因為某種理由對調。

我覺得這也是一種頗有說服力的假說，畢竟已經有我們這樣的前例存在。

所以——我想先測試看看。

我早就想到測試的方法了。

「那個……」

我小心翼翼地問矢野同學。

「你——是矢野四季對吧？」

「……咦？」

矢野同學露出不可思議的表情，歪頭看著我。

那表情像是真的完全沒聽懂我這句話的意思。

可是，我又重新問了一遍。

「你不是別人……就是矢野四季對吧？」

……他稍微想了一下。

依然保持狐疑的表情。

「……對，我就是我。」

說完，他點了頭。

「怎麼回事？妳為什麼要這麼問……？」

「……原來如此。你現在依然覺得自己就是自己對吧？」

我總算鬆了口氣。

這樣至少就能搞懂一件事了。

「……不好意思，突然問這種奇怪的問題……可是，我有件事想確認一下……」

我清了清喉嚨，開始向矢野同學解釋。

「老實說，我覺得現在連你都有可能出現人格分裂的症狀了。我懷疑你也跟我和春珂一樣，心中因為某種原因誕生出其他人格。」

「……噢，原來如此。」

矢野同學一副恍然大悟的樣子，輕輕點了頭。

「確實有點那樣的感覺……」

「不過，如果是那樣，現在出現的就不是你，而是其他人格了吧？現在操縱你身體的就會是別人了吧？所以，我才會確認，看看你是我們認識的矢野同學還是其他人格。結果你依然認為自己就是自己，這就表示……嗯，你並沒有出現人格分裂的症狀。」

「……噢，原來如此，妳說的有道理。」

嗯、嗯──矢野同學不斷點頭。

「我確實還是過去的我，還是過去那個矢野四季……」

「我想也是。謝謝你的回答……」

既然如此，另一個假說就更有可能是事情的真相。

那就是讓矢野同學變成這樣的原因，也是讓他的個性變得如此不穩定的理由。

「所以……我覺得你可能是變得搞不懂自己了。」

我試著說出自己的想法。

「我覺得你應該是因為某種理由，變得搞不清楚自己到底是什麼樣的男生，有著什麼樣的個性，有著什麼樣的想法，又是怎麼跟周圍的人相處。」

……實際說出這種想法，可能會讓人覺得這種狀態很奇妙。

竟然有人搞不懂自己到底是什麼樣的人。不會有人認為這種事情可能發生。

可是……我覺得這種情況意外地並不罕見，我就曾經有過這種感覺。

比如說，當我從原本的醫院轉到其他醫院的時候，或是因為轉學而不得不進到一群陌生人之中的時候。

面對這些新認識的人，我曾經得到一些意想不到的評價。

『——秋玻，我覺得妳這個人還挺積極的。』

『——秋玻，妳好像很喜歡聊天呢。』

『——妳喜歡運動對吧？因為妳給我這樣的感覺。』

不可思議的是，聽到這些評價，我也會認為自己是這樣的人。

我確實可能是個積極的人，也可能喜歡聊天，也可能喜歡運動。

明明過去完全不曾有過這種自覺，一旦聽到別人這樣說，就會覺得自己好像一直都是這樣。之後做每一件事情時，就會把這些評價放在心上，最後真的變成那樣的人。我也曾經有過這樣的經驗。

換句話說——矢野同學可能也遇到了這樣的狀況。

這是一種暫時性的現象，他可能只是一時搞不懂自己的個性與想法，也不懂自己過去是怎麼跟別人相處的。就是因為這樣，春珂不經意的一句話才會對他造成巨大的影響，讓他的個性出現這麼大的變化——

「……噢，原來如此。」

矢野同學露出沉思的表情，垂下視線。

「我變得搞不懂自己了。嗯，是啊……我覺得這種感覺就是妳說的那樣……」

……果然，看來我猜對了。

當然這只是外行人的推測，太過相信也很危險。不過，我覺得先以這種假說為基礎，試著採取各種行動也不錯。畢竟我們沒時間了，不能太悠哉。

事實上……這種事可能發生在任何人身上。只要有個契機，任何人都有可能迷失自我。

這次只是矢野同學剛好不知為何出現這種狀況——

「……可是，矢野同學，你這樣真的沮喪過頭了。」

我稍微想了一下，試著對他這麼說。

「你確實從以前就是個正經八百的人，但也不至於沮喪到這種地步才對。」

「咦？是……是這樣嗎……」

說完，矢野同學默默看著我的臉。

「我不會這麼沮喪嗎……？」

「是啊。雖然你很溫柔，但這又不是你的錯，我覺得你可以再更為自己著想一些。所以，你要打起精神，想想解決這個問題的辦法。」

「嗯，這樣啊……」

矢野同學點頭如搗蒜。

「妳說的對，我真的沮喪過頭了。嗯，我明白了。就算我垂頭喪氣，也無法解決問題。我得設法解決問題才行。」

——他臉上還留有些許陰霾。

說話的口氣也很難說是平靜。

可是——我看得一清二楚。

他的表情帶有些許笑意。我對他說的這些話明顯造成了影響。

……沒錯，我還是希望矢野同學更開朗一些。

看他一直保持剛才那種垂頭喪氣的樣子，感覺也很可憐。雖然太開朗也會讓人有點煩躁，不過我希望他能在不勉強自己的範圍內保持笑容。

此外，我還有個提議要告訴他——

「矢野同學……」

我——筆直注視著矢野同學，對他這麼說道：

「要不要跟我們一起——去找尋真正的你？」

矢野同學猛然睜大眼睛。

「讓我們重新確認一下，看看你到底是個什麼樣的人，有著什麼樣的個性與想法。

我想……這才是我們必須去做的事情，也就是搞清楚你真正的樣子……」

這樣——應該就能讓他恢復成原本的矢野同學了。

我們可以去見見共通的朋友，或是回顧過去一起經歷的事情。

只要透過這些行為理解過去的矢野同學，幫助矢野同學回想起過去的自己，應該就能讓他變回原本的樣子了。

「原來如此。找尋真正的我啊……」

矢野同學垂下目光，想了一下。

沒多久，他緩緩抬起頭。

「……有道理。就這麼辦吧。」

他露出溫柔的微笑，向我如此說道。

那表情——就跟我熟知的他一模一樣。

完全符合這一年來一直陪伴著我，我最重視的他的形象。

「謝謝妳願意對我說這些話。妳願意陪我這麼做，真的幫了很大的忙。」

我心中充滿了喜悅。

雖然眼前有許多問題。

雙重人格症狀馬上就要結束，也不知道矢野同學到底喜歡誰，還有矢野同學對自我的認知。

每個問題都很重要，也都是令人頭痛的嚴重問題。

不過，我是這麼想的。這些問題之間肯定存在著某種關聯。

當這些問題全都解決的時候，我們就能找到重要的寶物——我對此深信不疑。

所以，現在不該心急，應該要慢慢思考。我想要把我們三人不可或缺的東西，一個接著一個找出來。

「嗯——讓我們一起努力吧！矢野同學！」

第三十六章
Chapter.36

「伊津佳與修司的多愁善感☆春假模式」

我躺在床上，慵懶地享受著少女時光。

再過幾天就是四月了。

換句話說，我人生中的黃金歲月即將結束。

只在春假期間低調進行的速食店打工也正好休假，沒什麼特別的計畫。

我——須藤伊津佳就躺在自己房間的床上，優雅（絕非怠惰）地打發時間。

一下子看看ＩＧ～～一下子看看抖音～～一下子看看推特～～

嗯～～總覺得大家的春假都過得好充實喔……

我也想找些事情來做～～要找誰出去玩嗎？就找平常那些老面孔吧。

啊！對了！難得我前陣子跟Ｏｍｏｃｈｉ老師也混熟了，找她出來玩或許是個好主意！趁機拓展交友圈也很有趣！

如果是這樣，我說不定也能找千景出來玩吧？

我們班上的古暮千景是Ｏｍｏｃｈｉ老師的表姊妹。如果跟她一起出去玩，說不定會發現我們其實很合得來。

不對，乾脆趁機邀請所有能邀請的人，把所有能來的人都找來吧！

反正升上三年級就要分班了～跟所有人都打好關係也不是壞事吧……！

這種事情不是很適合替這段黃金歲月收尾嗎……！

我漫無邊際地想著這種事，煩惱地看著通訊軟體裡的朋友清單。就在這時——

四季：『喂～修司！』

螢幕上方出現矢野傳來訊息的通知。

我一邊想著這種叫法就像是茶的商品名稱，一邊切換畫面去看訊息。

秋玻與春珂、矢野、修司，還有我須藤伊津佳，幾個人一起建立了一個聊天群組。

嗯，成員都是老面孔。

我猜他應該是要找大家出去玩吧～

正當我滿懷期待地查看訊息時，矢野又陸續傳了新訊息。

四季：『我等一下要去你家喔！』

四季：『不好意思，麻煩你準備一下！』

四季：『還有，須藤也給我過來！我有話要說！』

……嗯？

……什麼！

他……他是不是吃錯藥了？

總覺得矢野跟平時不太一樣……！

呃，該怎麼說，雖然這些訊息很簡短，讓我無法斷言……我覺得這些訊息很霸氣。

突然就說什麼我要去你家，還說什麼須藤也給我過來，感覺好像有點粗魯……？

如果是平常的矢野，絕對不會用這種說法才對……

他應該會先問修司方不方便過去打擾，也會先問我有沒有空，有時候甚至還會先來一段時節的問候。如果是矢野，也不是不可能做到這種地步。

這是怎麼回事？他到底怎麼了……

……啊～～難不成這是那種哏嗎？

難道他是故意說些不像他會說的話，想逗我們笑嗎？也可能是別人借用他的手機發出這些訊息。我猜那個人八成是春珂。

哎～～總之，他應該只是在開玩笑吧。

既然如此，我也只能配合演出了。

伊津佳：『矢野！你怎麼了！』

伊津佳：『你怎麼變成這種霸道ＢＯＹ了！』

嗯！這樣就對了！

只要這樣寫下去，矢野應該也會配合演出！

不過，這種對話還真教人有些懷念呢～

去年春天，矢野告訴我「其實他一直都在演戲」。後來，他就展現出原本那個纖細的自己跟我們相處，而我們也逐漸把那當成理所當然。

可是，他現在給我的感覺……就好像以前那樣。這些話很像是他還在扮演陽光男孩時會說的話。

我不討厭那樣的他，所以只覺得既懷念又開心～

我反倒覺得他以後一直維持這樣也無所謂！

然而……

四季：『咦？是這樣嗎？』

四季：『話說，修司，你方便嗎？』
四季：『我可以現在過去嗎？你今天有什麼安排嗎？』

……喂，這到底是怎麼回事？
怎麼感覺不太像在開玩笑？他完全就是玩真的吧？
這樣好像有點太霸氣了……
矢野到底怎麼了？難道……他未成年飲酒，已經喝茫了嗎！
矢野！千萬不能做那種事啊！要遵守法律啊！
要是你不守法，我們就當不成朋友了喔！
然後，修司總算加入對話。

修司：『抱歉，我在聽音樂，沒發現有訊息。』
修司：『你現在要來是沒問題啦。』
修司：『怎麼了嗎？發生了什麼事？』
修司：『話說，矢野，你怎麼好像跟平常不太一樣？』

也難怪修司會發現。現在的矢野顯然跟以前不一樣……

就在這時，矢野暫時停止回覆了。他剛才明明不斷傳訊息，不知道現在又怎麼了。

我只知道他好像有看到我們的訊息。

正當我感到奇怪的時候，有人代替矢野傳了訊息。

水瀨：『兩位，不好意思嚇到你們了……』

水瀨：『這裡出了一點狀況……』

那個人就是先前一直保持沉默的秋玻與春珂。

聽這種口氣……嗯，應該是春珂吧。我最近好像光看文字就能辨別她們兩個了。如果措辭比較軟弱，又經常使用刪節號，毫無疑問就是春珂傳的訊息。

呵呵，這就像是我們友情深刻的證據，讓人很開心呢～

修司：『狀況？怎麼了？』

伊津佳：『啊，春珂，難不成妳現在跟矢野在一起？』

水瀨：『嗯，是啊……』

水瀨：『其實矢野同學出了點狀況，我正在想辦法幫他解決……』

哦，原來他出了點狀況啊……真教人在意呢。

然後過了一段短暫的間隔，我又收到下一則訊息。

水瀨：『所以，如果兩位不介意，能不能請你們幫忙？地點要選在哪裡都行。矢野同學說修司同學家比較好，但也不是非得在那裡不可。』

啊，看來是換秋玻現身了。

這種客氣有禮的長文毫無疑問是秋玻寫的。總覺得連字體都從可愛系變成美女系了。雖然這完全是我的錯覺就是了。

伊津佳：『嗯嗯，原來如此～』

伊津佳：『看來你們又遇到了麻煩呢～～♨』

修司：『而且妳們對調的速度好像也變快了。』

修司：『水瀨同學，妳自己應該也有很多問題吧。』

水瀨：『是啊。所以，很不好意思，希望你們可以幫忙。』

嗯～原來如此，我完全懂了！

對調速度變快確實是個大問題。

班級聚會那時候也是這樣，要是人格頻繁對調，應該會讓人很傷腦筋吧。因為對話和記憶都很容易中斷，讓人搞不清楚到底發生了什麼事。我明明不會遇到人格對調的狀況，還是偶爾會聽不懂別人說的話，實在無法不感同身受……

更何況，嗯，想不到連矢野都出了狀況……

嗯～該怎麼說呢……他也是那種心中充滿煩惱的傢伙呢。

不管是文化祭、教育旅行、班級聚會，每當遇到重要活動，他總會遇到某種問題。

他未免太會招惹麻煩了吧。

仔細想想，他遇到秋玻與春珂，還跟她們談戀愛，也算是重要事件。只要這麼一想就會發現，那傢伙的人生簡直就跟漫畫一樣充滿波折！這讓我有點羨慕！感覺每天都不會無聊耶！

總之……

既然這樣……看來我也只能出手幫忙了吧！

時機成熟了，現在正是伊津佳出動的時候……！

我從床上跳了起來，脫掉睡衣，換上可以出門的衣服。

然後坐在矮桌旁，拿出鏡子與化妝用具，稍微化了妝。

在這段期間，聊天群組依然收到了不少訊息，最後好像還是決定在修司家集合。我暫停化妝，表示願意參加。

我很自然地一邊塗著口紅一邊哼起歌來。

雖然現在是這種狀況，我應該為矢野他們擔心才對，但能在休假時跟大家見面，還是讓我無法不感到開心。

＊

那種愉快的心情瞬間就消失了。

「對不起，讓這麼多人今天特地為了我跑一趟……」

我來到修司家，所有人都進到他的房間。

就在這時，矢野站了起來──向我們深深低下頭。

「都是因為我不中用才會給大家添麻煩……不過，我會努力讓自己盡快復原……」

「……發生什麼事了！」

我忍不住叫了出來。

「你剛才給人的感覺有點可怕……這次又是怎麼回事！」

他超級謙卑。

在Line上面的自由奔放就像騙人的一樣，矢野變得客氣過頭了。

我知道他原本就是個很客氣的人。比起粗枝大葉的我，他更會顧慮到別人的心情，也會為此感到疲倦。

不過，總覺得……他現在給我的感覺跟以前有些不一樣。

如果要比喻，這就像在處理客訴吧……？

他擺出彷彿公司犯了錯，給客人添麻煩的客服中心人員的態度，向我們深深致歉。

——我很久沒來這個房間了。

這間獨立洋房既寬敞又奢華，整體配色十分素樸。修司家可說是豪宅，他的房間就位在二樓，整體氛圍跟房子的外觀一樣洗鍊。

房裡擺著造型簡單的奢華家具，還有許多黑膠唱片的封套。角落有一台像是ＤＪ在用的唱片播放機，讓人不免對現在的年輕人充滿感慨。雖然我也跟他同年就是了。

整體來說，這房間感覺超級成熟，會讓人覺得房間的主人八成很受歡迎，而事實上修司也很受歡迎。據說在結業典禮那天，好像又有女同學向他告白了。

可是……

「……」

修司本人現在完全愣住了。

面對看起來不太對勁的矢野，他露出了傻眼的表情。

他難得露出這麼蠢的表情。前陣子向他告白的女孩要是看到他這種表情，不知道會作何感想。

「真的很抱歉，畢竟我以前也給大家添了不少麻煩……」

矢野還是一樣，對我們擺出非常卑屈的態度。

「可是，想不到開始放春假後又發生了這種事……我真不知道該怎麼感謝各位……我認為還是只能拿出成果了……」

別這樣！只要正常地道謝就行了！只要很一般地說聲謝謝就夠了！

……總之，繼續跟矢野說下去應該也無濟於事。

喝了一口主人招待的茶後——我轉頭看向似乎知道些什麼的秋玻。

秋玻注意到我的視線，稍微清了清喉嚨。

「呃……我也是昨天才注意到矢野同學的變化。」

她露出傷腦筋的表情，對我們笑了笑。

「班級聚會結束後，矢野同學似乎出了某種狀況。他好像搞不清楚自己到底是什麼樣的人了……」

——秋玻細心地向我們解釋。

據說秋玻與春珂是在傳訊息的時候發現矢野同學不太對勁。

當她們跑去跟他見面時，才發現他的個性真的變得跟昨天不一樣了。而且春珂當時說過的話，還讓他的個性又進一步出現變化——

「我也偶爾會遇到這種狀況。」

秋玻先說出這句話後，小心翼翼地說了下去。

「我覺得自己個性如何，到底是什麼樣的人，其實意外地沒什麼人知道。因為對每個人來說，自己做的每一件事情全都是理所當然的不是嗎？因為大家都很自然地選擇要怎麼做，也不會發現其中的偏好。所以，都是要等到跟別人比較之後，才會明白自己的特徵。」

「啊～～我也這麼覺得！」

我不斷點頭表示贊同。

「我家裡的人都很活潑～～我剛上幼稚園的時候，發現原來不是每個人都這樣，才知道自己是個活潑外向的人。」

當時我真的嚇了一跳。

總覺得大家看起來都沒什麼精神，只有我一直跑來跑去，也只有我一直在笑。我不懂為什麼大家都那麼安靜。

老師們把這樣的我當成「超級活潑的孩子」對待。這讓我頭一次明白，原來我是個很活潑的人。其他人那樣很正常，反倒是這麼活潑的我跟別人不太一樣。

「是啊，就是這個道理。不過反過來說，如果妳在幼稚園遇到的每個人都碰巧跟妳一樣活潑開朗，妳就不會發現這件事了。『自我』這種東西其實意外地脆弱呢。」

「啊～～妳說的確實有道理……」

我再次深深地點了頭。

「所以，雖然矢野同學剛開始非常陽光，但春珂對他說『如果是以前的你，應該會更沮喪』之後，他就立刻變得垂頭喪氣了。看到他這種反應，我又對他說『你可以更放縱自己一點』，然後他就變成剛才傳那些訊息時的樣子了。」

「原來如此～～我完全搞懂了！」

我總算弄清楚這一切了。

原來如此！那是變得搞不清楚自己個性的矢野聽了別人意見後做出調整的結果！聽

過秋玻與春珂的意見後，他配合那些意見做調整，結果做得太過火了……

「嗯～～這個我完全可以體會……」

修司難得激動地表示贊同。

「哎，我很能體會那種感覺……」

……修司，你怎麼了？

修司那種深感贊同的態度很罕見。

我交抱雙臂，往他那邊看過去……他熱衷地說起自己的事情。

「其實……我是在上了高中之後才有現在這樣的成績。」

「咦？是這樣嗎？」

秋玻睜大了眼睛。

「你在班上成績不是名列前茅嗎？我還以為一直都是這樣。」

「不，我一直很自卑。因為我父親是公司老闆，也是個很有才幹的人，只要跟他比較，就會讓我失去自信。事實上，身邊的人也是這樣看待我的，父母和親戚都是……因為我當時的成績很普通，雖然不算差，也不算特別好……」

「這樣啊……」

秋玻睜大雙眼，露出有些難以置信的表情。

順帶一提，雖然我和修司在國小和國中時都讀同一間學校，也一直都是朋友，但我完全不記得他的成績如何！因為我對別人會不會讀書這種事沒什麼興趣……

「可是不管怎麼說，我還是成功考上這一帶最好的升學高中，可見我的腦袋或許沒有自己想的那麼差。當我認為自己可能不是那麼沒出息時，成績就開始進步了。我自己都嚇到了。然後身邊的人也因為這樣開始稱讚我，各種事情就開始逐漸好轉……所以，嗯，我覺得旁人的評價真的會影響一個人，有時候甚至會造就一個人……」

說完，他用溫柔的眼神看向矢野。

「當然，這可不是醫生的診斷，要是太過相信也很危險。但是，如果矢野是因為這種理由變成這樣，那我完全可以體會。」

……嗯～～原來如此～～

這種事確實也有可能發生。

畢竟擁有確切自我的人應該不多。每個人的個性可能都是跟身邊的人互相影響，逐漸塑造出來的。

「……矢野，你自己又是怎麼想的？」

因此，我試著詢問矢野本人的想法。

我跟修司都能理解秋玻的假說。

不過，假說終究只是假說，而且矢野從剛才就一直不說話。

我覺得現在應該聽聽他本人的想法。被別人晾在一旁，只能聽著別人討論自己，感覺應該很可怕，而且好像有點可憐。

「這個嘛……」

矢野依然保持客服人員模式，點頭表示贊同。

這讓我差點笑出來，但我使勁捏了自己大腿，才沒有真的笑出來。

「我想八成就是秋玻說的那樣吧。我好像抓不到分寸了……所以，我只能從你們口中打聽自己過去的樣子，找出自己的做人處世之道……」

「……嗯～看來我們可以先根據秋玻的假說思考該怎麼解決這個問題～～」

既然他本人也是這麼認為，那應該就是這麼回事了吧。

當然，依靠矢野目前的自覺做出判斷會讓人不是很有把握，但我認為先以此為前提是可行的。

「只是，我不知道原因是什麼……」

矢野繼續說下去。

「我為什麼會變成這樣？還有就是，我該怎麼做才能恢復……直到剛才，我都還在跟秋玻與春珂討論這件事……」

「沒錯。然後我們想到了一個好像可以試試看的辦法——」

秋玻露出恍然大悟的表情。

然後又換上有些遺憾的表情。

「……啊，好像又要對調了。」

原來時間到了嗎？

我們進到修司房間後確實已經過了一段時間。

「虧我正打算說出想要拜託你們幫忙的事情……剩下的就交給春珂吧。抱歉，等我一下喔。」

「沒問題～～」

「嗯，晚點見。」

聽到我跟修司這麼說，秋玻輕輕點了頭。

接著用令人羨慕的滑順秀髮遮住她可愛的臉孔。

過了幾秒——春珂抬起頭來，用比秋玻還要沒有防備的表情向我們如此問道：

「啊，你們說到哪裡了呢？」

＊

「——好了，這樣如何？大家有看到嗎？能聽到聲音嗎？」

房裡的窗簾完全拉上。

修司正忙著調整投影機，同時向我們如此問道。

「喔喔！好厲害！我覺得沒問題，看得很清楚！」

春珂坐在我旁邊，發出興奮的叫聲。

「想不到你家裡還有這種東西！好像電影院喔！選擇在修司同學家裡集合真是選對了……！」

嗯，春珂說的沒錯，這真的很有魄力！

螢幕長約一公尺，寬度就跟修司的身高差不多，大概是一百八十公分左右吧。

這幅捲動式巨大螢幕上正在試播我們接下來要看的影片。

影片的畫質很清晰，確實有點像在電影院。

音質好像也很棒，是從各種地方傳來，感覺超有臨場感，低音也充滿震撼力。

「很高興能聽到妳這麼說。」

修司羞澀地笑了。

「因為我喜歡欣賞演唱會影片，才特地買了這些東西。想不到竟然會用在這種事情上……」

『——我想跟你們一起回顧矢野同學的過去。』

『剛好我們手上有班級聚會的影片——我們可以邊看邊回顧啊！』

跟秋玻對調之後，春珂如此向我們說明。

換句話說，我們就是要用最樸實，但也最確實的做法，幫助忘記自己是哪種人的矢野想起過去的一切。我們要讓他實際看過影片，重新確認自己的個性。

嗯……完全就是正面進攻！

我也覺得這是個好主意！

只要做到這種地步，矢野應該就能確實搞懂自己的性格了。

畢竟都讓他透過影片親眼看到自己過去的言行舉止了。

而且！這次還有副聲道解說！秋玻、春珂、修司還有本人伊津佳，組成了充滿可愛系解說與帥哥系解說的豪華解說陣容！

看來應該……可以一次解決這件事吧。

就讓我們迅速將矢野恢復原樣，開始享受風平浪靜的春假吧！

不，這樣應該還不至於讓春假風平浪靜，因為還有秋玻和春珂的事……

此外，還有一件事讓我很期待。

「——只要看影片回顧過去，不就能再次確認矢野同學心中的煩惱了嗎？這樣應該可以幫助我們從頭開始確認他是因為什麼樣的經歷，懷著什麼樣的想法，才會變得現在這個樣子……」

春珂是這麼說明的。

……這些話確實有道理。

仔細想想，矢野到底為什麼會變得搞不懂自己也是個謎。

矢野似乎從以前就一直在為自己的生存之道煩惱，但我並不清楚他到底在煩惱些什麼。他為什麼會變成現在這樣？他為何煩惱？為何變得搞不懂自己？只要像這樣回顧過去，這些問題或許都能迎刃而解。

換句話說！

——可以讓矢野恢復正常！

——也可以找出原因！

——還能大家一起開心地看影片！

這簡直就是——一石三鳥的完美作戰。

「這真是個好主意呢！春珂，幹得漂亮！」

「啊……其實這個方法是秋玻跟矢野同學想到的……我並沒有提出太多意見……」

「什麼嘛！我原本還有些佩服妳耶！話說，矢野，你都已經變成這樣了，竟然還能正常思考，真是嚇到我了！」

「因為……我也不能一直給大家添麻煩……」

又是客服人員模式！難搞死了！

算了，先來看影片比較重要！

我好像興奮起來了呢。不知道結果會是如何……！

「那我要播放影片了喔。」

說完，修司把影片倒回開頭，開始播放。

經過短短的ＯＰ後，正片就開始了。

最先出現在螢幕上的特寫人物是——

「……喔喔……」

——就是我。

那是二年四班的第一天，開學典禮那天早上的影片。

我坐在自己的座位上，面帶笑容雙手比出勝利手勢——

我還記得那是我拜託修司，剛進教室後就立刻拍下的影片。

『——耶～～！我終於變成高中二年級生了！人生中的黃金歲月就要開始了！這裡就是我從今天開始就讀的二年四班！』

……雖然這已經是我第二次看這部影片，而且還是前天才剛看過……

不過我還是……有點感動……

看著正好在一年前，那個還很青澀的自己……就讓我既懷念又有些感傷……

大家應該也有同樣的感想吧。懷著這種想法，我偷偷看向旁邊——卻發現看著影片的修司和春珂在偷笑。

為什麼！為什麼他們要露出那種笑容！好像看到了什麼笨女孩一樣！

不過，影片裡的我擺出那種姿勢，看起來確實傻傻的就是了！

……等等，我不是重點，重點是矢野才對。當時的他到底是什麼樣的男生呢？

仔細一看，矢野也有出現在影片角落。

他正在看書……同時還偷偷地在教室裡看來看去。

我想知道他在看什麼，就順著他的視線看過去……喔喔，原來是秋玻。他是在偷看秋玻……喔喔～～……我懂了。看來早在這個時候，矢野就對秋玻有意思了……

……這時，我突然想起一件事。

「對喔，我記得這時候的矢野還在演戲呢！」

對了，這時候的我還以為矢野是個「活潑外向的人」。

直到他在不久後主動坦承這件事，我完全沒發現他在演戲。

所以只要仔細觀察，就能發現他手裡的書也是漫畫單行本。這時候的他八成還在隱瞞自己喜歡看小說吧～～……

「沒錯，他會跟秋玻說話，好像也是因為這樣。」

春珂也在昏暗的房間裡不斷點頭。

「矢野同學在早上空無一人的教室裡看著那個，好像是池澤……夏樹的書吧。秋玻偶然看到那一幕，就是一切的開端。」

「嗯，對，就是那樣沒錯……」

矢野點了頭。他現在好像比較沒那麼像客服人員了。

「當時的事我記得很清楚。沒錯，這時的我還在演戲。我會跟春珂變成好朋友，也是因為演戲這件事。」

「原來是這樣啊。」

修司暫停播放影片，轉頭看向春珂。

「當時到底是怎麼回事？妳也跟秋玻一樣，偶然見到矢野真實的一面嗎？」

「不是。當時的我還在隱瞞雙重人格的事，因為我想當個人格沒分裂的正常女孩。所以我假裝自己是秋玻，但矢野同學發現了我的存在。」

「啊～～！聽妳這麼一說，我才想起這件事！」

我忍不住大聲叫出來。

不過，久違地想起這些事好像讓我興奮起來了。

「對喔。妳們這時候還在隱瞞雙重人格的事情！」

到了現在，她們兩個人格對調已經變得稀鬆平常。想起她們曾經隱瞞，就讓我有種不可思議的感覺。

「沒錯。矢野同學則是隱瞞自己在演戲，並對此懷有罪惡感。所以我們都想做一貫的自己，才會變成志同道合的夥伴。」

……喔～～原來如此。

原來這個時期的矢野、秋玻與春珂都在勉強自己～～……

而且我覺得這整件事很有「矢野的風格」，跟最近的矢野一樣，是感覺很哲學的煩惱……

「嗯嗯，我好像開始搞懂當時的情況了……」

說完，我把目前弄清楚的事情整理了一下。

「矢野這時候還在演戲，並且對此懷有罪惡感。其實他想當一貫的自己，想用毫無虛假的真實一面跟別人接觸。而春珂也覺得人格分裂很奇怪，想做一貫的自己，覺得不該讓人發現自己存在。所以你們才會意氣相投，變成好朋友。我說的對吧？」

「嗯，就是這樣！矢野同學，你也這麼覺得吧？」

「是啊，我也覺得就是這樣。」

矢野點頭如搗蒜。很好，看來我總結事情的能力意外地強。

可是～～發生過這種事，也難怪矢野和春珂的感情會變好……

因為他們都有類似的煩惱，而且矢野後來又在我們面前展現真實的自己給春珂看。

嗯，難怪春珂會愛上他。

……嗯～～不過，想到這裡就讓我開始覺得怪怪的。該怎麼說才好呢？我實在找不到適合的話語。

……算了，我感覺到的異狀不是現在的重點。先繼續說下去吧。

那矢野又是如何？

他已經實際搞懂過去的自己了。

那些症狀都治好了嗎？精神狀態有恢復了嗎？

我懷著這些疑惑，看向矢野。

「嗯～～我當時真的讓大家操心了呢……」

說完，矢野稍微垂下目光。

「抱歉，我不該那樣演戲的……」

……嗯，還是不行啊！還有那種客服人員的感覺！

繼續看下去吧！

修司重新開始播放影片，螢幕上的季節不斷流逝。疑似黃金週的時期過去，來到了梅雨季。

這段時期有發生什麼事嗎？呃～～……啊～～

想起來了。我想起來了。對了，當時……我拒絕了修司的告白。

天啊，真尷尬……好想避開這個話題……我必須想辦法讓這段時期的影片就這樣播完……

「矢……矢野，你在這段時期有遇到什麼事嗎？」

我用明顯變調的聲音這麼問道。

「就是那種……跟自己的生存之道有關的事……」

聽到我這麼問，矢野還是一副愧疚的表情，從螢幕上移開視線。

「我想想，首先就是開始跟秋玻交往，還有……噢，對了，我也是在這段時期跟細野和柊同學變成好朋友。」

*

「……原來如此，這是當時的影片啊。」

我讓影片暫停——一邊不經意地小聲說出這句話。

「我總覺得當時的事已經過了很久。」

仔細想想，現在離當時也只過了十個月。

可是我感覺那好像已經是兩三年前的事情了。這代表我們的高二生活就是這麼濃密吧。

所以我覺得大家還能像這樣聚集在我房裡看影片，這幅光景已經是我們累積起來的時間結晶了。

「就……就是說啊！」

須藤突然面露焦急地點了頭。

聲音聽起來比平常僵硬，音調好像也高了些。

「我也覺得那好像是很久以前的事情了！話說，矢野和細野給人他們從國中就是好

朋友的感覺呢！」

語氣聽起來莫名慌張——

在對她回以笑容的同時，我隱約明白她焦急的理由了。

我，廣尾修司就是在當時——被須藤拒絕的。因為現在好像要談到那個話題了，她才會慌成那樣。當時的事至今依然會讓須藤感到尷尬。

「啊哈哈，不是啦。他們國中讀的學校不一樣。」

我一邊這麼回答一邊輕輕呼了口氣。

「不過，我明白妳的心情，尤其是在見識過矢野和細野現在的感情之後。」

那件事明明已經沒什麼好在意了。

雖然我當時確實很難受，現在也依然喜歡須藤，但我已經能接受當時的結果了。當時的須藤不喜歡我，這是沒辦法的事。

所以——只要今後慢慢改變我們的關係就行了。

我們現在依然是好朋友。我有得是機會，不需要心急，只要逐漸縮短雙方的距離就行了。

所以——現在應該把矢野的事情擺在前面。

「那其他事呢？」

我再次轉身面對矢野。

「還有其他讓你的心情出現變化的事情嗎？」

我覺得好像還有其他事。

如果我沒記錯，矢野這段時期給人的感覺好像也有改變。

「……啊～～！我想起來了！」

發出聲音的人不是矢野，而是春珂。

「有！真的有發生過那種事！就是那個～～我和矢野同學跟伊津佳……討論那件事的時候……」

春珂有一瞬間說話吞吞吐吐。

她口中的那件事，說不定跟我告白有關係。

「我記得伊津佳好像說了『大家所看到的我也是真正的我，所以我想盡量回應大家的期待』之類的話，讓矢野同學聽了超級感動。」

「這樣啊……」

我不知道還有這種。原來須藤有過這樣的想法。

「在那之前，矢野同學似乎認為不管別人說什麼，他都應該貫徹自我，所以聽到伊津佳那段話以後，才會說出『他很尊敬她』之類的話！」

原來如此，這件事聽起來確實有可能讓矢野的想法出現變化。

當一個人懷有過高的理想時，視野往往就會變得狹隘。如果是個性正經八百的矢野，應該更容易陷入那種狀態。而須藤讓這樣的他有了全新的視野——

可是——

「……咦？我說過那種話嗎……？」

須藤本人卻愣住了。

她露出對此毫無印象的表情，疑惑地歪著頭。

「咦、咦咦咦咦咦咦！」

春珂驚訝地叫了出來。

「妳……妳不記得了嗎！我當時聽了也很感動耶……！」

「唔～～……呃，我好像隱約記得有這件事……」

須藤交雙臂，皺起眉頭。

然後——她臉上露出燦爛的笑容。

「……不，我果然完全不記得了！」

——她斬釘截鐵地如此宣言。

「我只記得好像有跟千代田老師一起去吃拉麵！而且還是我請客！」

「真的假的……！矢野同學，你應該記得這件事吧！」

「咦、咦咦……有這種事嗎？我印象中好像是有啦……」

矢野露出困惑的表情，怯怯地如此回答。

雖然這回答姑且算是肯定，但應該只是順著春珂的話才這樣說吧。

「……不會吧～」

春珂為之愕然，完全愣住了。

「怎……怎麼會這樣？難道那段記憶只是我的夢境嗎……？」

她看起來有點可憐。我想這件事八成真的發生過吧，只是須藤和矢野都忘記了，春珂說的這些話應該是事實。

我實際想了一下，認為須藤心中應該就是那麼想的。她對這種事很認真，總是想著要回應旁人的期待。

「不過，這也可能是因為那件事對他們來說沒什麼特別吧。」

因為她感覺有點可憐，我只好跳出來幫她說話。

「就是有些事對自己來說可能太過理所當然。在這種情況下，就意外地很容易讓人忘記理由不是嗎？」

「就……就是這樣！」

春珂露出終於看到救贖的表情，對我笑了。

「應該不是我記錯吧！事實上，矢野同學在文化祭時能那麼努力，伊津佳那句話肯定也立了大功！」

「哦，文化祭。」

——原來這兩件事之間還有這樣的因果關係。

「那我們就來看看當時的影片吧。」

我再次播放影片。螢幕上開始播放文化祭當時的影片。

先是手忙腳亂的籌備期間，又是隔著畫面也能感受到那股激情的活動當天。

然後是矢野、秋玻與春珂負責籌備的舞台活動。

「那個……當時的矢野同學跟我們不是文化祭執行委員嗎？」

看著當時的景象，春珂開始為我們解說。

「我們跟御殿山高中的執行委員，就是那個名叫庄司霧香的女孩一起工作，而她剛好是矢野同學國中時代的朋友。」

「啊～～這我好像有聽說過！」

須藤轉頭看向春珂。

「妳是說那個超級可愛的女孩對吧？」

「沒錯沒錯。聽說他們當時感情很好，這次算是偶然重逢～～……」

說到這裡，春珂的口氣變了。

從原本的冷靜變成顯然蘊含著情緒。

「當時，那女孩一直想盡辦法要逼矢野同學重新開始演戲……」

不知道她本人有沒有自覺，她的表情也明顯變得不滿。

看來她相當討厭那位庄司同學，說不定還曾經面對面爭吵。

可是，如果對方想逼矢野演戲，那她會有這種反應也很正常。

光憑對方是矢野老朋友這點，應該就足以讓春珂心生動搖了吧。

「可是，她為什麼要逼矢野做那種事？」

我有些在意，便向春珂問了這個問題。

「那位庄司同學逼矢野演戲，到底有何意圖？」

「嗯～～該怎麼說呢……」

春珂交抱雙臂噘起嘴唇，露出沉思的表情。

「聽說……那位霧香同學就是教矢野同學演戲的人，好像就是她告訴矢野同學，上了高中以後該扮演什麼樣的角色。」

「哦，原來是這樣啊，這我還是頭一次聽說。矢野，你還記得這件事嗎？」

「當然記得。」

說完，矢野明確地點了頭。

「霧香當時真的很照顧我。所以，放棄演戲讓我覺得有些對不起她……文化祭那時候，我真的很困擾……」

「對了！我想起來了！那女孩真的很壞心眼耶！」

春珂難得表現出真心感到憤慨的樣子。

「她真的有夠難搞～～！」

看來那位庄司同學對待矢野的態度相當嚴厲——

＊

「起初矢野同學一直試著躲她，我們兩個也提心吊膽地在旁邊看著……」

春珂露出怒氣沖沖的表情，繼續說下去。

「畢竟我們只會在籌備期間一起行動，一旦文化祭結束，應該就不會再見到霧香同學了。我們以為只要忍耐一下就好……」

……難得見到她露出這種反應。她已經氣到七竅生煙了。

老實說，她這樣真的很可愛，讓我有點想要捉弄她……

不過，她好像是真的生氣了，我還是忍下來吧……忍耐吧，妳要忍耐啊，須藤伊津佳……

「可是～～」

春珂突然垂下肩膀。

「正式上台時卻發生了意外～～場刊上竟然沒有寫聯合舞台的舉辦地點～～」

「嗯，聽妳這麼一說，還真的是這樣呢。」

修司似乎想起當時的情況，這麼說了。

「我當時也不知道舞台在哪裡，有些搞不清楚狀況。」

……啊～～好像真的有發生那種事呢。

我也記得自己曾經向矢野打聽聯合舞台的所在位置。

「我沒說錯吧？在活動開始前發現這件事，我真的完全慌了。為了解決這個問題，矢野同學也非常努力，但是在那段過程中……他無論如何都需要再次演戲……」

春珂懊悔地如此說明。

當時已經沒有其他辦法。如果要維持表演者的士氣，又要找來大量觀眾，矢野就只能設法炒熱氣氛。

於是，矢野久違地扮演一個「活潑外向的男孩」，成功找來許多觀眾，讓聯合舞台活動盛況空前。

正當我們談論這些事情的時候，螢幕上出現了秋玻唱歌的影像。

嗯，這首歌是Ｏｍｏｃｈｉ老師的原創歌曲。

真是首好歌……其實我個人也下載了這首歌，不時就會放來聽聽。

「原來這就是事情的經過啊……」

修司也同樣看著螢幕，不斷地點頭。

「我順便問一下，矢野當時有何反應？果然覺得不情願嗎？還是跟以前一樣覺得很有罪惡感？」

所有人的目光都集中在矢野身上。

他當然露出一副準備說出「我不想那麼做」或「感覺糟透了」這種話的表情。

這也是理所當然。因為光是在我們面前演戲都能讓矢野那麼苦惱了，他一直獨自被罪惡感折磨。

這樣的人竟然在文化祭上，透過校內廣播向全宮前高中和御殿山高中說出偽裝的話語……他肯定會沮喪吧，說不定還會受到心靈創傷。

然而——

「……我覺得很開心。」

過了幾秒，矢野小聲地這麼回答。

「不知為何……那讓我很開心。用我的演技讓大家都興奮起來，讓舞台活動得以成功……我覺得很開心。」

——現場鴉雀無聲。

寂靜籠罩著修司的房間。

只能聽見Ｏｍｏｃｈｉ老師創作的歌曲和秋玻的歌聲。

仔細一看——春珂與修司都一臉驚訝地看著矢野。矢野本人也低著頭，露出無法理解自己的表情。

「我嚇了一大跳。我後來才發現自己的心情，也覺得很驚訝……沒錯，我動搖了。仔細想想，這或許是個重要的契機……讓我開始煩惱關於自己的各種事情……」

……哎，這也很正常吧。

考慮到矢野過去經歷的一切，他應該不可能不對那種行為感到厭惡。

可是……該怎麼說呢，聽到他這樣回答，我好像想通了什麼。

在我們談論這個話題的時候，我一直覺得好像有哪裡不對勁。而那種不對勁的感覺，現在好像跟這個結論連起來了。

沒錯，這就是靈光一現。

我有種彷彿在腦海中抓到了什麼的感覺。

可是，我還沒辦法清楚表達那種感覺。在告訴別人之前，我想自己再稍微想一下。

「……我們先繼續看下去吧。」

修司生硬地如此提議。

「我想……現在就要找出其中理由，應該不太容易吧？所以還是先看下去吧……」

我向如此提議的修司點了頭，開始繼續觀賞影片。

＊

——花了幾個小時，漫長的影片回顧總算結束。

我們四個人沿著黃昏的街道走向矢野的家。

七零八落的腳步聲就像是現代音樂的交錯拍子，演奏出複雜的節奏。

須藤步伐輕快，秋玻踩著精準的腳步。

矢野的腳步聲好像有些不穩定，我只好試著用自己的腳步聲讓這三道腳步聲取得協調。

到頭來——矢野還是沒有恢復正常。

雖然態度已經不像剛開始那樣過度卑微，但他的言行舉止還是一樣不穩定。所以，我們不放心讓他一個人，才會所有人一起送他回家。

「……秋玻，妳跟春珂今後有何打算？」

須藤向走在她旁邊的秋玻這麼問。

聲音難得顯露出隱藏不住的疲累。

「雖然搞懂了許多事，也有許多事還沒搞懂，妳們有想過今後該怎麼辦嗎？」

「……這個嘛，我想先把情報整理一下。」

秋玻垂下目光，語氣平靜地這麼說。

「因為我現在腦袋有點轉不過來，想先讓自己冷靜下來……」

「啊～～真的很抱歉……」

不曉得契機是什麼，矢野在聚會的後半段再次變回「活潑開朗型角色」，現在正對著秋玻雙手合十。

「真的很抱歉，給大家添麻煩了。如果我能振作一些，就不會有這些事了……」

「沒關係，你別這麼說。」

秋玻回給矢野一個堅強的笑容。

「我們這麼做不光是為了你，也是為了我和春珂……」

——矢野在文化祭以後的心境，對我們來說就比較容易理解了。

由於我們已經大致了解整件事情，想搞懂之後的狀況，也比搞懂之前的還要順利。

文化祭結束以後，矢野被秋玻甩掉，封閉了自己的內心。

矢野發現自己覺得演戲很快樂，也發現他不知道自己喜歡的是秋玻還是春珂，這讓他完全迷失了自我。

然後——為了避免人格出現致命的瓦解，矢野在自己的情感與思想之間築起牆。

在那之後，他茫然地過著每一天，又在那種狀態下參加教育旅行。

我們依然清楚記得矢野當時的情況。為了幫助矢野恢復正常，在旅行期間也執行了各種作戰。

可是——幫助他跨越那道心理障礙的主因還是秋玻與春珂。

「教育旅行要結束時，我們——告訴矢野同學，說要成為他的『不變之物』。」

影片早已暫停播放，畫面停留在回程時的新幹線內。

秋玻聲音因為害羞而變得尖銳，如此為我們說明。

「矢野同學迷失了自我，心中沒有任何確切的事物。而且他還發現自己心中的矛盾。儘管他討厭演戲，卻又覺得演戲很開心；明明喜歡我，卻又喜歡著春珂。」

這確實會讓人陷入混亂。

自己心中有著完全相反的心情。這種事實應該讓人無論如何都很難接受吧。尤其是——矢野這種想做「一貫的自己」的人

「可是我和春珂還是喜歡矢野同學，所以我們跟他說要成為他的『不變之物』。只要他珍惜我們，想著我們，這樣我們肯定就能成為幫助他確立自我的第一步。」

——老實說，我聽了有些感動。

這女孩真的很堅強。

竟然願意為對方付出到這種地步，這可不是容易的事。

要是我身處在同樣的處境，絕對不會想到這種主意。我真的很羨慕矢野。

「後來，嗯，有好一段時間，我和春珂都同等地被他愛著。這是最穩定的期間，無論是我們兩個對調的頻率，還是矢野同學的精神狀態。可是……嗯，我們還是希望他能做出選擇，希望他能搞清楚自己的心意。」

秋玻露出懊悔的表情這麼說。

她肯定是覺得矢野會變成這樣，都是因為她們兩人的願望。

可是，又有誰能責備她們呢？

想知道對方的心意，希望對方做出選擇，對每個正在談戀愛的人來說，都是理所當

然的心願。

「矢野同學也願意聽從我們的心願，開始過著確認自己心意的每一天。就在這段期間，我們也開始籌備班級聚會，而聚會也在不久前落幕了，然後……」

「……嗯，就是在這個時候。」

矢野在最後繼續說下去。

「當晚，我就迷失自我了……」

……我覺得自己徹底明白這整件事的大致經過了。

矢野為了自己的生存之道，以及跟秋玻與春珂的戀愛關係而煩惱。

在最後的關頭，也就是即將在兩人之間做出抉擇的時候——發生了某件事情，然後矢野就變得搞不懂自己是什麼樣的人了。

……到底發生什麼事了？

只過了一晚，矢野就變了。

到底要發生什麼事才能讓一個人變成那樣？到底是什麼改變了矢野的想法？

沉默籠罩著我們。就算沒有說出口，我也非常清楚。大家肯定都跟我想著一樣的事情。

然後，有人打破了沉默。

「……我想起來了。」

矢野小聲呢喃。

他還留有過度卑微的感覺，用幾乎聽不見的聲音這麼說道。

在螢幕光的照射下，他臉上映著蒼白的光芒。

「我……作了一場夢。」

「作夢？」

矢野夢話般的話語，被在不知不覺中現身的春珂複誦了一遍。

「你作了什麼樣的夢？」

「……一場墜入愛河的夢。」

所有人——都看向矢野。

「我跟某人墜入愛河。那女孩就在我身邊，一直陪伴著我……那種感覺非常明確。我一直都在煩惱……一直在思考自己到底喜歡秋玻還是春珂……但我當時毫無迷惘，我覺得自己喜歡那個女孩……」

——春珂的眼睛似乎大大地動了一下。

看來……這肯定是非常重要的事情。

而且會大幅左右矢野和秋玻與春珂的未來——

這確實只是一場夢。

也不曉得可信度有多少，以及跟現實之間有何關聯。

可是——我清楚感受到了。那場夢肯定跟矢野的真正心意緊密相連——

有一瞬間——我非常迷惘。

我可以待在這裡嗎？

我和須藤有資格聽到這些話嗎？

他或許會告白，可能會當場說出他喜歡秋玻還是春珂。

我偷偷看向須藤，給了她一個眼神，準備離開這個地方。

須藤似乎明白我的意圖，也正準備起身離開。

可是——

「……我想不起來。」

——矢野說了這句話。

「我愛上的那個女孩……我想不起來她到底是誰……」

＊

「……我想不起來。」

——聽到這句話，我們全都陷入沉默。

「我愛上的那個女孩……我想不起來她到底是誰……」

……

……

……

……喂！

不會吧！

讓別人這麼在意……竟然還敢說忘記了！

搞屁啊！那才是重點吧！

不能忘記啊！就算忘記了，也要給我想起來吧！

我差點忍不住跑去找他理論。我好想衝向矢野，抓住他的肩膀一陣猛搖……！

不過，我不能那麼做！現在不是那種氣氛啊！須藤伊津佳！

畢竟矢野也非常沮喪！大家也都露出嚴肅的表情！

可是……嗚嗚嗚！等一下！這未免太讓人焦急了吧！快讓我解脫啦！

那說不定是解決一切問題的關鍵耶！

……對了！

矢野！你現在就去給我拚命睡覺，想辦法再作同樣的夢，不然就去讓人催眠，設法想起那個女孩是誰！

要是這樣還不行，嗯～～……難不成要一直敲打他的腦袋嗎！就是用紙扇之類的東西不斷敲打他的頭，直到他想起來為止……！

「……真的很抱歉。」

當我回過神時，矢野又慢慢回到客服人員模式了。

「明明只要我想起來，就能搞清楚許多事情……卻在這種重要關頭忘記了，真是抱歉。」

哎，雖然這怪不得你，但既然你也這麼認為，就快點想起來啊！

還是要我現在立刻陪你一起去找催眠師？只要上網搜尋，總能找到一個可以立刻跟我們見面的催眠師吧！

——我如此盤算。

正當我真的打算說出這個提議的時候——

「……你不用這麼憂慮啦！」

某人率先用比誰都溫柔的聲音這麼說。

她——春珂對矢野說出了這句話。

「忘記就算了，畢竟那只是場夢。更何況，我們也不知道那場夢是不是真的有意義不是嗎？」

「……嗯，話是這麼說沒錯啦……」

「那就沒辦法了啊！」

春珂露出開朗的笑容，用明確的口氣如此斷言。

「還有，你到底要愁眉苦臉到什麼時候！就算是以前的你，也不會沮喪成這樣喔！不過就是作了一場夢，你應該更加打起精神！」

「這樣啊……」

說完，矢野臉上出現了久違的笑容。

「這樣啊，謝謝妳……沒錯，我現在沮喪也無濟於事。謝謝妳，春珂。我會讓自己打起精神的。」

「不客氣～～這是我應該做的！」

……

……

……咦，真厲害。

春珂在這種狀況下還能說出那種話，太厲害了……而且她好擅長安撫矢野……

她是怎麼辦到的？難不成她是什麼高明的諮商師嗎……？

還有，我不知為何在心裡大發雷霆……一直希望矢野拚命想起那場夢……難不成我是個心胸狹窄的人嗎……？

——我在腦海想著這些事情。

同時，內心深處也非常感動。

我覺得春珂……是個堅強的女孩。既堅強又溫柔，真的是個好女孩。

她應該比任何人都在意那場夢，也應該是我們之中最想知道矢野愛上誰的人，卻依然表現得那麼堅強……

……啊～～如果可以，我真想衝過去抱住她。

不只是這樣，我還想讓春珂得到幸福，不想把她讓給矢野。我甚至想當場向她求婚……春珂，我們結婚吧。我是認真的……

「……就是這樣了吧。」

春珂輕輕吐了口氣，轉頭看向所有人，做出這樣的結論。

「你們不覺得……答案已經出來了嗎？就是矢野同學會變成這樣的理由……」

「……嗯，是啊。」

修司點頭表示贊同。矢野也露出嚴肅的表情，準備接著說下去。

「沒錯，我也覺得答案出來了……」

——房間裡充滿問題稍微得到「解決」的氛圍。

至少春珂、修司與矢野都感覺到事情有進展了。

可是——

「……咦？什麼意思……？」

我……完全不懂發生了什麼事。

現在是怎樣？大家到底明白了什麼？

為什麼他們這樣就明白矢野改變的理由？

總覺得……好像只有我被大家拋在後面了。

看到我因為寂寞而傻住的樣子，春珂對我露出有些幸福又有些開心的笑容。

「在矢野同學心中——應該早就有答案了吧。」

她斬釘截鐵地如此斷言。

「他應該已經知道自己喜歡的是我還是秋玻了吧？」

「……啊，噢，原來如此。」

經她這麼一說……確實有可能是這樣。

矢野作了一場自己談戀愛的夢，然後就迷失了自我。這就表示——他說好要同樣珍惜秋玻與春珂的約定結束了。

換句話說，他已經知道自己喜歡誰了——

「嗯……所以雖然還不知道那個人是誰，也發生了一些令人困擾的事——」

春珂——臉上毫無疑問顯露出喜色。

她像是在報告一件喜事，對我們如此說道——

「——對我們所有人來說，這可能是個重大的進展。」

——以上就是之前發生的事。

我們就這樣順利完成回顧，大家一起送矢野回家。

我們已經來到馬上就能看到矢野家的地方了。

當我注意到時，所有人都默默地走著。周圍明顯瀰漫著一股氣力用盡的氛圍……

……哎，畢竟大家今天都用了許多腦力。

回顧這一年發生的事，讓人有種彷彿一口氣讀完青春漫畫裡一整年故事的感覺……

腦袋好像快要炸開了……我也差不多撐到極限了。

「那麼～如果你們有什麼需要，我當然願意幫忙。」

來到矢野家門口，我向秋玻與春珂，還有矢野這麼說。

「只要是不需要打工的日子，我都可以撥出時間，記得要找我喔……」

「我也是，所以你們不用客氣，如果有什麼需要就跟我說一聲吧。」

「嗯……謝謝你們。」

秋玻如此道謝，瞇起眼睛看著我和修司。

「兩位真的幫了大忙。要是有什麼需要，我會再跟你們聯絡……」

她讓我覺得很放心。

不，不光是秋玻，春珂和矢野也一樣。

如果是一年前的他們，現在肯定會更加手足無措。

他們可能會痛苦煩惱，無法順利找到前進的方向。

可是——他們現在好像有點不一樣了。

今天跟他們聊了一整天，讓我有這種想法。

他們現在應該還不知道該怎麼辦，也並非沒有為此煩惱，事實上矢野也真的非常沮喪。

即使如此——我還是認為他們有辦法繼續前進。

如果是現在的他們，肯定有辦法朝向答案前進。

——就在這時，我突然想起來了。

對了——我還有件事沒告訴他們。

那是我比較過影片中與現在的矢野後的感想。

我一直隱約有這種感覺。這是我心中誠實的感想。

「……那個～～對了。」

我覺得還是告訴他們兩個比較好。

說不定這能給秋玻與春珂一點提示。

「其實啊——」

說出這句話後，我在腦海中斟酌了一下才說：

「其實——看到矢野的個性這樣變來變去，我並不覺得怪。」

「……不覺得怪？」

「嗯。」

秋玻狐疑地歪著頭，我向她點了頭。

「不管是早上那個霸道的矢野，或者卑微過頭的矢野，還是現在這個有些樂天的矢野……我都不覺得有那麼奇怪。不過我是真的覺得很好笑，也會忍不住想吐槽……」

——不知為何，我覺得那才是正常的矢野。

我不認為那是他在演戲或是精神出了狀況的證據。

我不知道該怎麼解釋，也不曉得該怎麼說才對……

不過我覺得這可能也是……「矢野」原本的樣子。

而且不光是我——

「……我也是。」

就連旁邊的修司也這麼說。

「其實我也不覺得現在的矢野有那麼奇怪……」

秋玻的眼睛又睜得更大了——

「Janus—girl in her room」

第三十六.五章

Chapter.36.5

Bizarre Love Triangle

三角的距離無限趨近零

——洗完澡後，我迅速吹乾頭髮。

只做了最低限度的肌膚保養，就趕緊回到自己的房間。

換作平常，我會更仔細保養皮膚。要是我像這樣敷衍了事，之後還會被春珂責備，但今天實在怪不得我。

因為我想要早點統整在修司同學家得知的情報。我想在忘掉其中某些情報之前，把那些收穫毫無遺漏地記錄下來。

「——喔，秋玻！妳要回房間了嗎？」

當我走過客廳旁邊時，爸爸正好看到我，向我如此問道。

身材魁梧的爸爸把走廊整個堵住了。

總覺得他看起來像是弁慶，只是手裡拿著紅茶的罐子。

「我正想請實春泡茶，妳也要來一杯嗎？」

「啊，不用了……我中午喝的瓶裝飲料還有剩。」

丟下這句話後，我回給他一個笑容，打開自己房間的門。

「不過還是謝謝你的好意。我下次再喝吧……」

「這樣啊……要是有什麼問題，要立刻告訴我喔！」

聽到父親開朗的聲音從身後傳來，我隨口應了聲「好～」後，反手把門關上。

其實我想給他更有禮貌的答覆，也想稍微跟他閒話家常，但可惜我在趕時間。爸爸，對你這麼冷淡，我真的很抱歉……

他原本就是個愛操心又管太多的爸爸，最近好像又變得更在意我們的情況了。理由顯而易見。因為人格對調的時間變短了。

我們的雙重人格症狀很快就要結束。儘管表面上若無其事，但還是很擔心我們。

我們原本在北海道的主治醫師跟爸爸是朋友，他們畢業於同一間大學，年齡也相近，關係就跟戰友差不多。

當時自是不用多說，他現在應該也很清楚我們的病狀，也當然明白不曉得什麼時候我會發生什麼狀況。所以他才會裝出那種輕鬆的表情，隨時觀察我們的情況……

……身為一個年輕女孩，我有時候會覺得煩，也希望他能再稍微縱容我們一點。

可是，他的關懷也讓我由衷感到高興。可以感受到他發自內心的關懷，真的讓我非常感激——也覺得幸好爸爸是這樣的人。

「……呼。」

我一邊思考，一邊在書桌前面坐下。

攤開的筆記本上寫著我在洗澡前寫下的今日總結。我拿起筆，繼續寫下去。

總結後的現況大致上是這樣的。

· 矢野同學搞不懂自己到底是討厭演戲還是樂於演戲。
· 靠著同樣珍惜秋玻與春珂，讓他免於陷入混亂。
· 因為班級聚會當晚作的一場夢，讓他內心明白自己到底喜歡誰了。
· 結果這讓他迷失了自我。

嗯，應該就是這樣了吧。雖然這只是假說，應該不會差太遠。

我跟矢野同學的關係就是現在這種狀態——

——我發現自己有些感慨。

『他內心明白自己到底喜歡誰了。』

我看到這行文字。我還不曉得那個人是誰，有可能是春珂，也有可能是我，畢竟連矢野同學自己都想不起來。

可是……答案終於出現在伸手可及的地方了。

在雙重人格結束以前，我們說不定就能知道答案——

……我清楚感覺到某件事。

整理過現況後，我毫無疑問感受到了一個事實。

——那就是我們正在前進。

雖然表面上還有許多問題，因為過去煩惱了這麼久，也可能讓人懷疑這次是不是真的快要找到答案了。

不過，我們……這次毫無疑問，正在確實地走向解答——

……我發自內心感到高興。

感覺像是我們這些日子以來的努力終於得到了回報。

春珂似乎也跟我一樣，在她留下的訊息中可以看出歡喜與放心。

「……呼……」

我喝光寶特瓶裡剩下的茶，深深地吐了口氣。

……話雖如此，我們接下來又該怎麼辦呢？

現實中，我們還有許多不知道的事。

我們還是不曉得矢野同學喜歡誰，他也想不起來自己是怎樣的人，更進一步說……

伊津佳與修司同學也說過，他們並不覺得現在的矢野同學奇怪，也不認為他在說謊。

——還說那就是他的真心。

……所謂的真心到底是什麼？

我突然對此感到好奇。

翻查字典後，我看到「真正的心情；不是客套的想法——」這樣的解釋，就跟我印象中的一樣。

人的一切行為，真的有可能全都出自「真正的想法」嗎？

矢野同學的個性一直變來變去，不是只有現在。他一下子討厭演戲，一下子又樂於演戲，想法不斷地改變。

——這一切……

他那些不斷變來變去的想法，至今依然都是出自他的本心。這種事真的有可能嗎？

「……嗯嗯……」

在低聲沉吟的同時——我突然想到一件事。想到一件有些偏離正題的事。

無關於今天討論的事情，也無關於筆記本上的總結，而是跟我自己有關。

我想跟春珂聊一下。

仔細想想，我最近還沒有好好思考過這件事。

我想要久違地想一下這個問題——

＊

——雙重人格到底是怎麼回事？

秋玻在筆記本上寫下這行字。

在迅速寫出今天的總結後，她毫無前兆地突然寫下這句話給我。

文章並非就此結束。

——我想要久違地想一下這個問題。

小學時代，春珂在走投無路的我心中誕生了。

之後，我們開始過著人格不斷對調的日子，一起長大。

有一段時間，春珂只被當成副人格，連春珂都認為自己應該消失，但現在已經不是這樣了。

春珂被當成一個人，活在這個世界上。

沒人知道雙重人格結束後，我們會變得如何。

如果是這樣……

妳覺得秋玻與春珂到底是什麼？

春珂真的是從我心中誕生的嗎？春珂在那之前真的不存在嗎？如果不是這樣，那她到底在哪裡呢？

這就是我在思考的事情——

……原來如此。

我們最近確實都沒在想這個問題。

而且秋玻說的沒錯。

在我出生時，那是理所當然。直到我們搬來西荻窪，那都還是理所當然的想法。過了一年以後，我們的那種想法改變了不少。

我也想跟秋玻聊一下這件事。

——妳說的對，我們兩個到底是什麼呢……

我也寫下這樣的疑惑。

——在一具軀體中存在著兩個靈魂……

這個身體裡存在著個性、想法與能力都截然不同的我們……

這件事確實很奇怪，除了我們，也不曾見過這樣的人……這到底是怎麼回事呢？老實說……

其實我已經不覺得這種狀態奇怪了……

剛升上高中的時候，我確實覺得這樣不是很好……

也認為自己應該快點消失……

然而不知為何，我現在反倒覺得這是很自然的事……

就是在水瀨××的身體裡，有秋玻與春珂這兩個人格才是正常的……

而且就連「我是在秋玻心中誕生的」這種說法，我現在也有些不確定了……

該怎麼說呢？妳不覺得事情好像不是那樣嗎？不覺得我好像本來就存在嗎……？

寫到這裡，我感覺到心中的秋玻醒過來了。

人格對調的時間又要到了。每次寫信的時候，時間總是過得飛快呢……

話說，這樣好像挺有趣的……

以前如果我要跟秋玻交談，就必須隔著一段時間。

就算在筆記本或手機留下訊息，秋玻也得等到對調後才能看到。我想看到她的回覆，也得等下次對調之後。每天可以溝通的次數也有限。

可是，現在只要像這樣用文字溝通，感覺就跟直接交談差不了多少。

就像傳Line給朋友一樣……

在感受著這種喜悅的同時，我的意識迅速遠去──

＊

──我完全可以體會。

我快速看過春珂寫下的訊息。

然後有些興奮地開始回覆。

──我覺得有些驚訝。其實我也是這麼想的。

春珂彷彿原本就存在這件事也一樣。當時那種感覺確實就像是她「誕生」了。

那一天，在小學的屋頂，我確實感覺到春珂在我心中誕生了。

可是，現在不一樣了。

我感覺春珂就像是一直陪伴著我，理所當然地存在於我體內。

所以啊，嗯。

我還是覺得自己有辦法接受。

不管在雙重人格的最後有什麼樣的結局等著我們。

即使那是無比悲慘的結局，我也覺得是件好事。

問題反倒是在那之前的日子。

在結局到來前的每一天，我有辦法不留下遺憾嗎？有辦法拚盡全力到最後嗎？

我覺得這是非常重要的事情。

＊

——嗯……關於矢野同學那件事，我們還是得努力解決……

因為人格對調的事，我跟妳有同樣的想法……

所以問題就只剩下我們兩人的矢野同學了……

還有就是，該怎麼說呢……我覺得矢野同學會變成這樣，跟他和我們之間的關係有關。我覺得這兩件事是連在一起的……

寫到這裡，我心想秋玻肯定也有注意到這件事。
我想在矢野同學目前面對的問題底下應該藏著——更根本的問題。
說不定那問題跟戀愛無關，而是關係到我們的一切。
我有這樣的預感，也如此確信。

——所以，我們一定要找到真正的矢野同學……
找到我們喜歡的矢野同學……

*

後來又聊了一些事情後，我就闔上了筆記本。
我很開心。可以跟春珂像是幾乎直接對話一樣進行交流，真的很開心。
她跟我有同樣想法，也讓我很高興。
這讓我充滿了勇氣。想到她跟我有同樣的想法，我就覺得事情肯定能順利解決。

因為我所欠缺的東西八成都在她身上。

她有韌性，又具備柔軟性，總是從容不迫，不管面對任何狀況都能保持開朗。

所以我要做好自己力所能及的事，因為她肯定也需要我。

因為我們過去也是這樣一路走來——

——就在這個時候，手機震動了。

仔細一看，原來是矢野同學傳來訊息。怎麼回事？發生了什麼事嗎？

我解除螢幕鎖定，把Line打開來看。

結果——看到矢野同學傳來的訊息。打從在修司同學家就一直很開朗的矢野同學提出了某個提議。

「霧香的Hello Goodbye♡and Goodbye」

第三十七章
Chapter.37

Bizarre Love Triangle

三角的距離無限趨近零

大家好！我是庄司霧香！就讀御殿山高中一年級！很快就要升上二年級了！

為了跟某些人碰面，我今天來到吉祥寺車站前面！

我是在昨天突然收到通知。對方劈頭就問我：「明天能不能見個面？」他好像有事情想告訴我～

到底怎麼了呢？有煩惱要商量嗎？

難不成是要……戀愛諮詢！他想跟我商量戀愛方面的煩惱嗎！

我毫無頭緒……雖然毫無頭緒……

我也有些無論如何都想告訴他的話……

「……呼。」

我走在路上，嘆了口氣。

然後——

想要找人出來就應該提早說啊！

前一天才約是在耍人嗎！

——我在腦海中怒吼。

我可是還要打工，也得跟朋友出去玩，行程排得相當滿。突然約我出來，真的讓我很困擾。

說起來，大約在一個月前，他也是這樣約我出來，還讓我專程跑到西荻。實際前去赴約後，他不但向我要了照片，還順便要我幫忙做戀愛諮詢。那傢伙到底把我當成什麼了？就算是感情不錯的朋友，邀約時也不會這麼不客氣吧……

不過，反正我今天剛好沒事，就跑來赴約了。

畢竟他好像不太對勁，而且多半又惹上了各種麻煩。跑來嘲笑這樣的他也不是什麼壞事。

所以，我就期待他能在這個早春為我帶來一點歡笑吧。

只要別把我捲入麻煩事就好～

「……很好。」

——於是……

當我忙著把怨言全部（在腦海中）說出來時，人也來到約好碰面的站前廣場。

這裡還是一樣人潮擁擠……雖然在想居住的城市排行榜中，這個城市總是榜上有

名，但在這裡出生長大的我實在搞不懂原因～

這裡確實是個時髦的地方，卻也比不上表參道和青山。雖然住在這裡確實很方便，生活機能多半還是八王子和立川比較好。路上有帥氣的年輕人，也有充滿生活感的普通居民，更有看似厭倦人生的高齡人士。

每個地方應該都是這樣吧。同樣位在總武線上的高圓寺好像還比較有特色。

總覺得大家都是只憑氣氛就說自己想住在吉祥寺。

因為在排行榜上名列前茅，是不是又進一步拉高了這裡的排名？

我實在不太喜歡那種排行榜。不管是褒是貶，都應該要在實際看過那個地方後才能決定。

「──霧香～～！」

我突然聽到附近傳來這樣的喊聲。

宏亮的叫聲響徹整個站前廣場──

那是我熟悉的聲音。可是──我還是懷疑自己聽錯了。

就我所知，那道聲音的主人不可能這樣大吼大叫。

咦？這是怎麼回事？幻聽嗎？還是我聽錯了？

可是，我又聽見那聲音了。

「喂～～！霧香～～！我在這裡～～！」

我猛然看向聲音傳來的方向。

結果——看到難以置信的光景。

矢野學長露出少年般的燦爛笑容，往我這邊衝過來——

在他身後，還有一臉困擾地跟著跑過來的水瀨學姊——

＊

「——是喔～～原來如此～～」

我們三個人一起走進旁邊的連鎖咖啡廳。

我從開朗過頭的矢野學長口中得知事情的來龍去脈，總算搞懂狀況了。

「就是這樣。我已經完全不曉得該怎麼讓自己恢復正常了！」

矢野學長這麼對我說，口氣就跟班上笨男生喊著「我完全看不懂考卷！」時一樣。

「所以，我才想跟現在的朋友之中最了解過去的我的妳商量看看！」

——那張臉毫無疑問依然是我熟知的矢野學長。

五官就跟女孩子一樣端正，皮膚細緻滑嫩，頭髮漂亮得令人火大。

身材纖細，膚色也偏白。

然而——只有精神狀態不太一樣。

嗯～～我好像沒見過矢野學長這種開朗到毫無防備的樣子～～

順帶一提，在他身旁的水瀨學姊還是跟過去一樣。現在出現的人～～……應該是秋玻學姊吧。她一臉擔心地看著矢野學長，神情憂鬱，長相就跟女演員一樣漂亮，身材還是好得令人害怕。我好想把她脫光～～跟她色色～～

總而言之……

光是說明這些事情就花了超過一個小時，不過這樣我就大致明白了。

矢野學長似乎在心中做出他喜歡誰的結論了。

可是，這好像也讓他失去心靈的支柱，因此迷失了自我。

而且他的高中朋友們還說「我不覺得現在的矢野奇怪」，讓他不知道該如何是好，也不知道要怎麼讓人格穩定下來，才會找我幫忙。

……哦～～原來如此。

原來是這麼回事啊。

唉～～……

……他還是沒變呢。

還是一樣在為這種青春期的煩惱糾結……

我心中的怒火與不滿都煙消雲散了。想不到他竟然這麼青春，就像笨蛋一樣……

雖然他也真的很年輕就是了。不過，直接看到他這種青春洋溢的模樣，連我都有點害臊了……好想用雙手摀著臉，不過我不會真的這樣做就是了～～因為會害我脫妝。

然後，關於他們找我商量的事情……

嗯～～該怎麼說呢……

首先，我明白矢野學長和水瀨學姊找我商量的理由。

我確實是認識矢野學長超過兩年的老朋友。畢竟是老朋友，對他的個性應該也還算了解，事實上我也真的能跟他們談談各種過去的事情。

不過，事情真的是這樣嗎～～

總覺得我們的想法在根本上就不一樣。

我一直告訴矢野學長，要他更加運用他的演技。

那種覺得自己保持原樣就好或是展現真正的自己就好的想法，只不過是在放任自己。人必須變得堅強，與這個社會戰鬥。而演戲就是達成這個目的的手段。這是我的想法——反過來說，如果一個人讓自己保持原樣過活，會變成這樣也很正常吧。

沒錯，這是理所當然的結果。

如果一個人拒絕定義自我，當然會變成這樣——

更重要的是——

「……你們三個有何打算～？」

我決定先釐清這點。

「矢野學長剛才問我要怎樣才能恢復，所以是想變回之前的狀態嗎～？」

「噢，是啊，我就是這樣想的！」

矢野學長如此回答，口氣就像運動系少年漫畫的主角。

「我想了很多，那是當前的首要目標。所以，我想要先回想起之前的自己是什麼樣子！」

「我應該也一樣吧……」

一旁的秋玻學姊先喝了口紅茶才這麼說。好可愛。

「確實有很多事令人在意，但我還是不希望他這樣下去……我應該也是把這當成首要目標吧。」

「原來如此～」

嗯，我就知道他們會這麼說。

矢野學長到底喜歡秋玻學姊還是春珂學姊？他為何會變成這樣？此外——秋玻學姊

和春珂學姊的對調速度也比之前快多了，這種現象八成不是什麼好事吧。雖然跟我無關就是了。

問題堆積如山，我知道他們是為了先讓情況得到控制才會想要矢野學長恢復原樣。

只是啊～～嗯。

我覺得～～這件事其實相當困難～～

不，說困難有些不正確，應該是根本不可能才對～～

因為……嗯……

「嗯～～那我問你們～～」

我一口喝光冰咖啡，探頭看向坐在桌子對面的他們。

「你們覺得以前的矢野學長是個什麼樣的人～～？」

「……什麼樣的人？」

「在秋玻學姊眼中，以前的矢野學長……真正的矢野學長是個什麼樣的人～～？」

秋玻學姊一臉狐疑。

可是她稍微想了一下後，還是回答了這個問題。

「這個嘛……他應該是個內心纖細且溫柔的人吧。畢竟他總是非常細心地為我們著想，也有感性敏銳的地方。還有就是，沒錯，他很溫柔。他對我和春珂非常溫柔……」

「嗯嗯嗯，原來如此～～」

「還有個性認真，我覺得他是個很理智的人，感覺他跟精神論完全扯不上邊。另外就是喜歡看小說，個性內向文靜，嗯……就是文學少年那種感覺吧……」

「好～～我了解了，感謝配合。那矢野學長又是怎麼想的？你覺得自己是個什麼樣的人？我知道你現在就是搞不清楚這件事，但可以麻煩你思考看看嗎？」

「啊～～我也不知道啦～～！而且自己說這種話很丟臉耶！」

矢野學長露出不好意思的表情，難為情地搔了搔臉頰。

總覺得那表情讓人有點火大。

「可是，嗯～～我覺得確實就是秋玻說的那樣！個性認真、內心纖細吧？所以～～我覺得自己現在這樣果然不太對勁。」

「嗯嗯，我明白了。」

……嗯，果然跟我想的一樣。

早在這個階段就已經出現巨大的差異了。

我得先讓他們明白這件事。

「其實～～」

說出這句話後，我稍微想了一下才說：

「我從來都不認為矢野學長是那樣的人。」

「……咦？」

「打從我們認識以來，我從來不認為他是個內心纖細的人。」

秋玻學姊放開了嘴裡的吸管。

那是完全想不到我會這麼說的表情。她以為每個人都是那樣看待矢野學長，並且對此深信不疑。

「我這麼說可不是故意唱反調，也不是比喻喔。」

面對這樣的她，我繼續說下去。

「我是真的不認為矢野學長是個內心纖細的人。」

「那、那麼……」

秋玻學姊試探性地探頭看向我的臉。

「霧香，在妳眼中，矢野同學又是個什麼樣的人？」

……那還用說嗎？

不管是現在這種狀況還是他過去對待我的態度，把這些事情全部考慮進去，就只有一種說法。

「我覺得～～他是個自私任性的小鬼頭。」

我明白地這麼回答。

「我覺得矢野學長是個既任性又蠻橫，個性有些幼稚的男生。」

——愣住了。秋玻學姊完全愣住了。

嘿嘿嘿～她那種表情也很可愛呢！

順帶一提，在她身旁的矢野學長則是一直默默看著我。

那種認真的表情就像是正在輸入某種情報，也像要把我的話語溶入自己的血液之中一樣。

「自……自私任性……？」

秋玻學姊的口氣聽起來似乎難以置信。

「是字面上的意思嗎……？我怎麼看都不覺得他是這樣的人……」

「嗯，也難怪妳會這麼想。畢竟矢野學長不可能對妳說些任性的要求，不管是就立場還是就關係來說～～」

沒錯，這是理所當然的。

因為矢野學長喜歡她。而且秋玻學姊又是這種個性，還背負著人格對調的問題，矢野學長應該也只能溫柔地對待她吧。

「可是，我希望妳能回想一下～～」

說完，我對秋玻學姊微微一笑。

「……國中時代，完全不認識的矢野學長突然跑來跟我說話，還要我教他怎麼演戲以及待人接物的訣竅。當時我們就讀的學校和年級都不同，而且過去連一次都不曾說過話喔。」

事實上，我當時有點被他嚇到了。

我覺得他很死纏爛打，但又覺得這樣不錯。不過，就是因為這樣，我才願意教他一些東西。

如果他是那種很客氣的人，我應該不會理他吧。因為我只對拚命過活的可愛傢伙感興趣。

「他可能也是別無選擇，但那種行為還是相當蠻橫吧～～？應該跟纖細這兩個字有一段差距吧～～？」

「……是、是這樣沒錯啦。」

說完，秋玻學姊低頭看向桌子。

「雖然這跟我心目中的矢野同學差很多……那已經是很久以前的事了吧？他的個性可能是後來才改變的……」

「不不不～～他完全沒變喔！」

我忍不住笑了出來。

因為他真的完全沒變～～！秋玻學姊，妳一直待在他身邊卻沒發現這件事嗎？

「因為，妳回想一下就知道了吧～～文化祭那時候，他不是在最後關頭劫持了校內廣播，還大聲宣傳舞台活動的消息嗎～～？雖然我們當時確實走投無路了，但那種點子也只有個性夠蠻橫的人才想得出來。至少真正個性纖細的人應該很難想到～～」

「……或許真的是這樣吧。」

因為當時連我都被嚇到了。

我沒想到他會做得那麼過火，但想到他還是一樣蠻橫，就又忍不住暗自爆笑。

能想到那種做法已經算是一種才能了，絕對不可能只是偶然。

「還有就是後來發生的事。啊～～秋玻學姊，妳應該也知道吧？大概是在上個月，他也說有事情要商量，就把我叫到西荻來了。你們不是有製作影片嗎？就是為了那件事情。此外，他還說了一些個人的事。換句話說，他完全是為了自己，就把我叫了出來。我想他應該不會對妳做這種事～～但對別人就有可能會做。而且我今天也是臨時被找來的～～」

說到這裡，我看向矢野學長。

他穿著便服，一直默默注視著我。可是，即使他只是這樣看著我，我也還是能在他身上找到那種「粗魯」的感覺。

我對著一臉困惑的秋玻學姊這麼說：

「……妳知道嗎？矢野學長很容易弄壞東西喔。」

「是……是這樣嗎……？」

如我所料，秋玻學姊難以置信地睜大眼睛。

「是啊。國中時，他很快就穿壞學校的室內鞋，運動服上也有破洞。文化祭的時候，他在進行準備工作時穿的運動服也快穿壞了。妳看他現在腳上那雙運動鞋，鞋底是不是都快磨平了？而且看起來也很髒。矢野學長，你這雙鞋子穿幾年了～～？」

「啊，呃，我想一下……」

矢野學長短暫露出沉思的表情。

「這雙鞋子沒有穿到好幾年啦，頂多穿了三個月……」

「我就說吧？三個月就能穿成這樣，實在是破得有點嚴重。你上學應該都是穿皮鞋吧？你也不像是有在運動的人。」

「是啊……或許就是這樣吧……」

「我順便問一下，矢野學長，你知道自己很容易弄壞東西嗎？」

「……噢，嗯，我知道。」

矢野學長像個孩子一樣點了頭。

「因為即使上了高中，我的東西還是一直壞掉……這讓我覺得很沒面子。朋友也說：『你在日常生活中是不是太隨便了？』……我也懷疑可能是這樣。」

「啊～～我的看法跟你那位朋友一樣喔！」

嗯，那位朋友挺厲害的嘛。有辦法發現這件事，可見他的觀察力很敏銳。

然後我再次轉頭看向秋玻學姊。

「一個內心纖細又個性認真的人，會這樣隨便對待自己的東西嗎～～？」

我向她這麼問道。

「秋玻學姊，矢野學長真的是妳認為的那種人嗎～～？」

……秋玻學姊閉口不語。

嗯，看來她有點動搖了。

至少在此時此刻，在秋玻學姊的心目中，矢野學長的形象已經動搖了。

我在這時偷偷看了時鐘一眼。嗯，時機抓得正好～～！

如果我沒算錯，應該還能在這時繼續追擊！

「……對、對不起。」

如我所料，秋玻學姊語帶歉疚地這麼說。

「我要跟春珂對調了。剩下的，我們之後再說……」
「沒問題～～晚點見喔～～」
秋玻學姊低下頭，過了一小段時間後，她就變成春珂學姊，重新抬起頭來。
然後——
「……春珂學姊～～！我問妳喔！」
「咦？嗯，妳要問什麼？」
「我想向妳請教一些事情～～」
於是，我提出了某個要求。

*

「——這是真的嗎……？」
又過了二十分鐘左右，人格再次切換成秋玻學姊。
她看著手裡智慧型手機的記事本——說出了這樣的疑惑。
「春珂……真的認為矢野同學是這種人嗎……？」
『——春珂學姊，請告訴我妳對矢野學長的印象～～！』

『——還有，我希望妳能把答案記在手機裡！』

這便是我向春珂學姊提出的要求。

在秋玻學姊的心目中，矢野學長的形象開始逐漸動搖了。

所以——我想在最後讓她見識一下。

讓她看看跟自己最親近的女生——春珂學姊又是怎麼看待矢野學長。

記事本上寫著下面這樣的評價。

「他很溫柔，個性認真，而且善解人意。」

秋玻學姊依序唸了出來。

這部分就跟秋玻學姊印象中的一樣～

會有某種程度的重複也很正常，畢竟她們共享同一個身體。

「他功課好，喜歡文學，個性文靜，基本上是個內向的人。」

這部分也應該是一樣的。

看到春珂學姊的想法跟自己一樣，秋玻學姊露出感到放心的柔和表情，唸出這些評價。

可是——從下一行開始就不是這樣了。

「跟他聊天讓人很開心。他還會吐槽我說的話；因為我說的話歡笑；也會原諒我說的話。」

秋玻學姊的聲音開始出現動搖。

而且——

「他有時候對我很嚴厲……也會說些壞心眼的話……可能還有些優柔寡斷的地方，有時候也不太可靠……」

說到這裡，她的口氣已經充滿了疑惑。

……沒錯。這些地方是不一樣的。

這些地方都跟秋玻學姊所知道的矢野學長不一樣。

秋玻學姊應該不曾被矢野學長吐槽，也應該沒有被他捉弄過。關於「不太可靠」這個部分，跟春珂學姊的個人認知有關吧～？畢竟春珂學姊是個心理素質頗為強大的人，應該很難不這麼認為。

然後——

「……確實如此。」

一直閉口不語的矢野學長說話了。

「在春珂面前的我……可能真的有些不一樣。我展現出來的態度可能跟在秋玻面前不太一樣……」

沒錯，這應該是真的。

秋玻學姊和春珂學姊的個性截然不同。如果是這樣，矢野學長也會用不同的態度跟她們相處。於是——他在她們心中的印象就會不同。

她們兩人心目中的「矢野學長」就會出現巨大的差異——

「……原來如此。」

秋玻學姊總算接受這個結果，輕輕吐了口氣。

「這……嗯，果然不一樣。我心目中的矢野同學不是這樣的人……」

「我就說吧～～？而且這還是春珂學姊的評價喔。她可是跟妳共用同一個身體的人喔～～」

「是啊。那個，該怎麼說呢……」

秋玻學姊把手放在嘴邊，露出沉思的表情。

「我心目中的矢野同學可能並不完整，我只就自己能看到的部分去判斷他這個人。他明明還有很多不一樣的面貌……」

「……嗯～～」

啊～～想不到她做出了這樣的結論～～

不過，對我來說這個結論只算對了一半。秋玻學姊的觀點確實會有偏差。

可是就算我用話語解釋，她應該也無法體會吧～～剩下的部分只能讓她實際去感受了。

「嗯，大致上就是這樣吧～～」

我沒有針對這點深入追究，而是隨口肯定秋玻學姊的說法。

然後我稍微想了一下。在說出下一句話之前的瞬間，我趁機思考。

既然事情變成這樣……我也只能再多奉陪一段時間了～～

我沒有做到這種地步的義務，也可以放著他們不管。

可是，都已經自顧自地說了這麼多，要我就這樣不管他們，好像也不太恰當～～

嗯～～……

煩死人了～～……雖然覺得很麻煩，這也沒辦法～～

「所以，我有個提議～～」

說完，我對他們豎起手指。

「矢野學長、秋玻學姊、春珂學姊，還有我，我們四個人～～要不要一起去拜訪矢野學長的朋友～～？」

「咦？拜、拜訪我的朋友？」

一直很安靜的矢野學長眨了眨眼睛，向我如此問道。

「沒錯，我打算用幾天的時間到處拜訪你的朋友，打聽他們對你的印象～～我也會一起去喔～～」

「妳這是什麼意思……？連妳都要跟來？妳到底有什麼意圖？」

我想也是，我突然說這種話，他當然會嚇到～～

順帶一提，矢野學長目前的精神狀態，嗯～～……應該算是平靜吧。不過，他也可能只是聽我說了這麼多，一時之間不曉得該如何應對。

「意圖啊～～該怎麼說呢？與其說是要幫你恢復～～不如說我覺得應該大家一起再次從各種角度看清這件事。現階段，我們只知道你在我們三個人心目中的樣子，但其實你應該還有各種面貌～～既然如此，我覺得實際去拜訪你的朋友，向他們多方面請教對你的印象，以及你讓他們這麼認為的原因，也是不錯的做法。」

嗯，我覺得這麼做是正確的。

如果要讓他們知道這跟什麼其他面貌無關，還是只能盡量多聽聽別人的評價了。

而且——還是從實際認識的人口中直接打聽他們對矢野學長的印象。

「原……原來如此……」

秋玻學姊一臉嚴肅地點了頭。

滑順柔亮的秀髮也跟著搖晃，感覺就像天使。

可是，學姊一臉不安地皺起眉頭。

「不、不過這樣好嗎……？」

然後這麼向我問道。

「這個主意真的很不錯。事情到了這種地步，也只能盡量搞清楚矢野同學的各種面貌。我覺得這是唯一的辦法……」

「我就說吧～～？反正繼續想也無濟於事～～」

「可是……霧香，還麻煩妳跟我們一起去真的好嗎？」

她露出發自內心感到抱歉的表情。

那不是覺得我礙事，不希望我跟去，而是真心覺得過意不去的表情。她也是個好人呢。

「其實我也覺得做這種事很麻煩～～」

所以，我誠實地這樣告訴她。

這是我微不足道的掙扎。

「我原本就是被突然叫出來的，接下來的春假還得跟你們一起行動，讓我覺得有點浪費時間。可是～～」

我邊說邊看向秋玻學姊和矢野學長。

然後——忍不住笑了出來。

我不是故意要笑，也不是要笑給他們看。我是不小心真的笑了出來。

「我實在……沒辦法讓現在的你們自己去做這件事～」

——迷失自我的矢野學長。

——還有不到二十分鐘就會對調一次的秋玻學姊和春珂學姊。

這未免太讓人放心不下了吧～

他們之中根本連一個靠得住的人都沒有。讓他們自己在外面到處亂跑，實在太危險了。

「……雖然也能把這個任務交給你們的其他朋友～不過還是讓我去會比較有效率。因為我的提議而給別人添麻煩，我也會過意不去～」

秋玻學姊聽得愣住了。

她看似猶豫地動了動嘴角，然後才露出還沒完全搞懂狀況的表情。

「……妳人很好。」

她小聲地對我這麼說。

「霧香，妳人好好……」

「什麼！妳現在才發現喔～～！」

我忍不住爆笑。

想不到這個人也很遲鈍呢～

我之前都對妳很好不是嗎？在文化祭的尾聲，我不是也從背後推了妳一把嗎？

真是的～～原來她完全沒發現這些事！

既然如此，我就更應該跟他們一起去了。我覺得這種遲鈍的女孩跟矢野學長最後一定不會在一起。

「……謝謝妳。」

結果——或許是搞不清楚自己該怎麼反應吧。

矢野學長最後用毫無特色的平靜語氣這麼說：

「妳願意出手相助，真是幫了大忙。雖然很抱歉，還是要麻煩妳了。」

「我、我也要跟妳道謝……那就有勞妳了。」

繼矢野學長之後，秋玻學姊也向我低頭道謝。上衣的衣領因為這個動作而敞開，稍微露出了乳溝，讓我想著道謝就不必了，只要讓我摸一下就好。

「首先呢……」

我從書包裡拿出筆記本，同時拿起了筆。

「我們就來想想可以拜訪的人選，盡量列出矢野學長的朋友吧。然後……」

我再次來回看向秋玻學姊和矢野學長的臉。

「……我想在第一天深入了解秋玻學姊和春珂學姊的想法。所以，我想要先請教一下——」

*

「——好～～我們出發吧～～」

「嗯！幸好今天天氣不錯～～！」

「……請多指教……」

大家的反應都不一樣。

隔天，我們來到約好集合的西荻窪車站，結果大家的精神狀態毫無一致性。

首先，我一如往常保持平常心～～

沒有讓我特別火大的事情時，像這樣輕鬆過活是最有效率的做法。我就隨心所欲地行動吧～～

然後，矢野學長不知為何特別興奮。

我猜應該是昨天回家的時候，春珂學姊對他說了「你要打起精神喔」之類的話吧。

雖然有點煩人，不過他之後應該又會因為某種緣故變得沮喪吧。不管他也行。

最後——是春珂學姊。

「咦～～走這條路對嗎？我太久沒來，已經記不得了～～」

「嗯，就是這條路沒錯！反正直走就對了，根本不需要煩惱！」

我跟矢野學長輕鬆地閒聊。

「…………」

而旁邊的她則是一臉不滿地嘟著嘴。

……嗯～～看來她對我很有戒心呢～～

昨天也是這樣，她顯然對我有所防備～～

不過，我很清楚理由。

我們是在去年的文化祭認識，並且一起行動。在那段期間，我一直沒給矢野學長好臉色看。春珂學姊對此感到憤慨，也曾經直接向我抱怨。我猜她八成還在記恨。

當然，我跟秋玻學姊剛開始時關係也很糟糕，可是我們的關係後來好像有稍微變好的跡象，畢竟我們還在舞台上一起唱歌～～

不過在我的記憶之中……好像還沒有機會跟春珂學姊和好，也難怪她現在會是這種態度～～

……然而，要是她一直保持這種態度，也實在有點煩人。

「——喂～～喂～～春珂學姊～～」

我走到她旁邊，用肩膀輕輕撞了她一下。

「我們也差不多該和好了吧～～我都已經這樣幫你們的忙了不是嗎～～」

「……真的嗎……」

可是，春珂學姊還是保持冷漠的表情。

「我現在還沒辦法相信妳……我今後還要好好觀察妳的作為……」

「咦～～好可怕～～！」

我言不由衷地這麼說，同時暗自感到驚訝。

比起秋玻學姊，我抓不太到跟春珂學姊之間的距離感，也一直找不到跟她愉快相處的方法，可是……

這種感覺……真是棒……我好像有點感覺了喔……

我對秋玻學姊純粹只是想做些色色的事……但她擺出這種態度倒也不錯。

就是那種冰冷的態度，還有凶狠的感覺……

「那是我要說的話……我完全不明白妳今天到底有什麼目的……」

「怎麼這樣！可是，這件事我們非做不可！讓我們一起努力吧！」

「喂，別……別靠近我……！」

喔、喔喔，我好像興奮起來了！這種反應真讓人亢奮！

很好，春珂學姊，拜託妳暫時保持這樣！拜託妳對我凶一點！

正當我們如此打鬧的時候——

「啊！看到了喔～～！」

矢野學長像是在新幹線上看到富士山一樣，興奮地這麼說。

就跟他說的一樣——宮前高中的校舍已經出現在眼前了。

那是我們今天的目的地，也就是矢野學長和水瀨學姊就讀的學校。

＊

「——庄司同學，麻煩妳在訪客名簿上登記。」

我們來到教職員玄關。

幫忙開門迎接我們的老師帶著有些無精打采的笑容這麼說。

總覺得正在放長假的老師看起來也比平時放鬆～

該說是有種生活感嗎？還是樸實感呢？不過，我也不曉得她平時是什麼樣子～～

「妳這次來訪的名義，姑且算是處理文化祭的收尾工作。麻煩妳在來校理由的欄位上這麼寫。」

「哎呀～～千代田老師！麻煩妳在休假時跑一趟，不好意思！」

矢野學長用異常響亮的聲音向那位老師如此道歉。

「妳真的幫了大忙～～！我原本還以為沒辦法進來，感謝妳特別通融我們！」

「……畢竟你都變成這樣了呢。」

這位被喚作千代田老師的女子露出苦笑。

「我實在沒辦法置之不理……」

看到她的表情，我明白了許多事情。

嗯～～原來如此～～這個人好像知道很多事情～～

當矢野學長說要把這件事告訴老師時，我還不以為然，覺得就算說了也沒用，但看到她的反應，我就明白了。

她應該也知道水瀨學姊的狀況。

不過仔細想想，這也很正常，教師當然會知道這件事。因為如果什麼都不知道，就沒辦法應付這種學生。她甚至有可能直接跟醫院那邊保持聯繫。

……話說回來，這個人也是個超級大美女呢。年紀大概在二十五到三十歲之間吧？

雖然身材嬌小，看起來像個孩子，但長相和舉止都很成熟，有種不可思議的反差，而且還有點性感。唉～～矢野學長真好命，身邊都是些美女～～現在在場的所有女生，每個都可愛得要死。尤其是我。

「那麼～～」

千代田老師回去教職員辦公室後。

我轉身面對矢野學長和春珂學姊。

「我昨天已經說過——我今天想在這裡確認一下，秋玻學姊和春珂學姊心目中的矢野學長形象是怎麼形成的～～」

「……嗯……」

「嗯，有勞妳了！」

嗯～～溫差還是一樣超級大！我好像快要感冒了！

可是霧香，妳要忍耐！妳必須繼續說下去！

「秋玻學姊與春珂學姊對矢野學長抱持著不同的印象，而我就是要找出那些印象是在什麼時候形成的。具體來說，就是要搞懂矢野學長在什麼地方說了什麼話，做了什麼行動，才會讓人有那種感覺～～」

——兩位學姊對矢野學長的印象有所不同。

秋玻學姊認為他是個性認真、內心纖細的文學少年，而春珂學姊對他的印象則多了點開朗，也多了點脆弱。

這些印象是怎麼形成的？這就是我想知道的。

然後——我想從其中找出明確的證據。

在接觸許多人心目中的「矢野學長」之前，我需要先找到那種證據，幫助我不把自己的感覺當成絕對正確的答案，並且明白別人看法的正當性。這樣的話，我想先透過秋玻學姊和春珂學姊心目中的「矢野學長」感受到那樣的證據。

當然，我知道那種東西不是講過一兩次話就會形成。

我們對一個人的印象每天都會改變，只有經過足夠的累積，才會形成複雜的「人物形象」。

即使如此——在許多情況下，那種東西肯定都是在「初次見面」時形成。

她們第一眼就對他懷有什麼樣的印象？後來又建立起什麼樣的關係？

而根據我實際問過的結果，我覺得兩位學姊對矢野學長的印象偏差，應該是在初次見面時就形成了。其中的差距……肯定建立在某種根本上的不同。

所以——

「好～～那我們就去你們初次見面，並且留下深刻印象的地方看看吧！」

「沒問題！這樣的話……就是二年四班的教室了吧！」

「嗯，是啊……」

「那就麻煩兩位帶路吧〜！」

說完，我們在矢野學長的帶領下走向二年四班的教室。

*

「——就是這裡！這裡就是我跟秋玻初次見面的地方！」

途中，春珂學姊還跟秋玻學姊對調了。

我們順利來到第一個目的地——也就是他們兩人共度的教室。

「妳看——那就是前二年四班的教室。」

說完，矢野學長開心地指著那間教室。嗯〜……不過裡面是空的〜那只是一間很普通的公立高中教室〜

我猜當時應該蘊含著更多的情感吧，牆上貼著告示，裡面也擺著學生的私人物品〜可是，現在是春假期間，告示之類的東西早就全部拿掉了，裡面變得跟白紙一樣……讓人毫無感觸。

話說，別人學校的校舍是不是都會給人一種莫名的疏離感？我總是會有一種彷彿來到客場的感覺～

不過，有這種想法的人似乎只有我。

「……沒錯，就是這裡……」

說完，秋玻學姊感傷地瞇起眼睛。

「我就是在這裡遇見矢野同學……然後一切就開始了……」

喔～真是不錯！她好像有稍微放入感情喔！

看來她應該可以真實地回想起當時的事情～

順帶一提，矢野學長很識相，一個人靜靜地站著。這真是太好了。要是他在這種時候吵吵嚷嚷，就真的很礙事了。

「當時是什麼感覺～？」

為了不打擾陷入感傷的秋玻學姊，我稍微壓低音量這麼問。

「妳是怎麼認識矢野學長？對他又有什麼印象～？」

「起初……那是開學典禮開始前的事情。當時還很早，教室裡也只有矢野同學，他正在看書……」

秋玻學姊似乎想起當時的事情，瞇起了眼睛。

她露出溫柔的表情，輕輕撫摸角落的桌子。說不定那就是矢野學長當時的座位。

「我啊……非常緊張。之前一直住在北海道，卻突然搬來東京，還要在春珂存在的狀態下展開校園生活……雖然有事先跟老師說過我們的事情，直接開始上學還是有點突然。我一直待在醫院裡，很久沒上學了……很擔心自己能不能適應……」

……唉～這確實會讓人很緊張呢～我想像了一下，也覺得怕怕的。

如果我處在同樣的狀況，應該也會緊張。秋玻學姊當時還真慘，好想抱緊處理……

然後，秋玻學姊瞥了矢野學長一眼。

「就在這時，我來到這間教室，遇到了矢野同學。我嚇了一跳，無法出聲叫他。可是……他好像在看書，我就從後面偷偷瞄了一眼，心想：他在看什麼書呢？是我知道的書嗎？然後……我發現書名是《靜物》。那是我喜歡的小說——我覺得心臟好像要爆炸了。總覺得……沒錯，那個，雖然有些誇大，但我稍微……感受到了命運……」

仔細一看，說著這些話的秋玻學姊滿臉通紅。

命運——秋玻學姊，這種話如果隨便亂說，可是會變成求婚喔～

沒事吧？矢野學長，你沒有聽到高潮吧？沒有弄髒內褲吧？

「於是，我下定決心跟他說話……嗯，聽他說了很多事。像是扮演角色，為此有些煩惱，還有許多重要的事情……沒錯，就是因為這樣。」

秋玻學姊轉頭看過來。

「嗯，我果然對這時候的事情印象最深。因為他在看書，就認為他是文學少年。後來他又說了扮演角色的事，讓我覺得他是個內心纖細的男生。沒錯，就是這樣……」

她似乎想通了，深深地點了頭——

「他當時給我的印象——至今在我心目中依然是最深刻的。」

「原來如此～」

——我邊回答邊設身處地想像了一下。

在開學典禮當天早上獨自前往教室。

在教室裡遇到矢野學長，聊到他在看的書，又說了幾句話——

嗯，這光景還真是美好～秋玻學姊為何會一直強烈記得矢野學長當時給她的印象，我現在也能理解了。這確實很令人難忘呢～

「……矢野學長～你還記得嗎？」

我也姑且問了他的想法，我想確認他當時的心情。

「你當時心裡在想什麼？」

「嗯，我還記得！」

矢野學長用破壞氣氛的開朗聲音如此回答。

「哎呀～～當我看書被人發現的時候，真的很焦急。可是，知道秋玻也喜歡《靜物》後，我很開心～～！所以，這讓我從一開始就對她很有印象，嗯，覺得有個能發自真心聊天的對象，實在是太好了！」

「原來如此，謝謝你的回答～～」

——真心。

嗯，沒錯。矢野學長這時讓秋玻學姊看到的是他的真心，因此秋玻學姊所相信的那個「矢野學長」絕對不是假貨。

「雖然只是大概～～我好像明白秋玻學姊這邊的經過了～～」

「那就好……」

「好，再來就是深入調查春珂學姊那邊的經過，然後把兩邊拿來比對！」

在如此討論的同時——我突然有個想法。只是暗自想了一下。

……如果我也是這樣遇見矢野學長，或是以不同的形式跟他相遇……

我們現在可能還是重要的朋友……

我們之間可能就不會有距離，可以一直待在對方身邊——

＊

「——哦，原來如此～～……」

人格換成春玡學姊。

在前二年四班教室的正中央——她緊緊交抱雙臂，低聲沉吟。

「原來還發生過這種事啊……」

我剛剛才詳細地告訴她秋玻學姊和矢野學長相遇的經過。

她看起來好像……非常感慨～

當然，她應該已經聽說過了。畢竟她們當時還在隱瞞自己的雙重人格，兩人之間應該會共享情報。

可是……嗯，現在似乎不是只有這樣。實際站在這個地方，身歷其境地想像那個場面，似乎讓她心中湧出了實際感受。

很好～～看來我的作戰開始出現效果了～～！就這樣繼續下去吧！

「對了，春玡學姊，妳又是怎麼認識學長的～～？」

面對依然心神不定的春玡學姊，我如此問道。

「啊，就算不是相遇時的事情也行，可以說說最早讓妳強烈意識到他的存在～～或是明白他原來是這種人時的事情～～」

「啊，嗯。讓我想想……」

春珂學姊總算回過神來。

看來她現在腦袋忙不過來，對我的敵意也暫時減輕了。

從沒辦法無意識地給別人臉色看這點來說，她真的是個老好人，讓我差點笑出來。

「我初次見到他的時候是……沒錯，就跟秋玻一樣。就是在早上的教室裡，矢野同學正在看書的時候。秋玻跟他說過話以後，我們兩個正好對調，我就醒過來了……可是，我當時只有看到他的臉，因為我被嚇得逃走了……所以我跟他初次見面應該是放學後吧。當天放學時，我被矢野同學看到跌倒的樣子……我覺得再也無法隱瞞，就說出自己的存在了……」

「哇～～放學後就被發現了嗎！妳明明打算隱瞞，未免太快就被發現了吧！」

「這、這又不能怪我！我也很緊張啊……！就算稍微搞砸幾件事也無可奈何吧！」

啊，剛才那個凶巴巴的春珂學姊又回來了！

這樣果然也很不錯。真希望她能一直保持這樣！

「……就是，呃，矢野同學向跌倒的我伸出援手。然後，我說出了雙重人格的事情……結果，呃……」

春珂學姊先是露出沉思的表情，表情又突然變得柔和。

「……他笑了。」

「笑了～～？」

「沒錯。那個……」

春珂學姊清了清喉嚨，維持溫柔的聲音向我如此解釋。

「當我告訴矢野同學我得隱瞞自己的存在，不得不為此努力的時候……矢野同學對我說他自己可能也一樣，沒辦法不扮演角色，所以能體會我的心情。然後，嗯……他笑了……現在回想起來，我們說那些話其實有些危險。雖然我懷疑我們有沒有必要想得那麼嚴重，不過他當時露出那種表情真的讓我很開心，讓我有種被原諒的感覺。該怎麼說呢……就是我的存在並非罪過？嗯，雖然有些誇張，我就是這麼想的……」

「嗯嗯，原來如此～～」

雖然狀況與立場不同，過程大致上可說是跟秋玻學姊差不多。

秋玻學姊與春珂學姊都懷抱著不安與擔憂，而矢野學長很偶然地滿足了她們當時的需要。

「確實發生過那種事呢～～！」

一直保持沉默的矢野學長在這時又發出了不必要的響亮聲音。真的有點煩。

「我當時也快要承受不住了。我說那些話時應該沒有考慮到那麼多，嗯！但春珂願意那樣解讀，我真心覺得是件好事！謝謝妳這麼說！」

啊～對當事人而言，那確實有可能只是無心的一句話～

可是，那種無心的話也有可能深深烙印在對方心底，甚至是拯救一個人的心～

不過他的音量實在太大了，真希望他能小聲一點。

「呵呵呵，我才要向你道謝呢……」

春珂學姊開心地笑了。

可是──

「所以，嗯，我才會覺得你是個溫柔愛笑的人，不過……」

說到這裡，她突然閉口不語。

「……不過什麼？」

聽到我這麼問──春珂學姊垂下目光。

然後沉默了幾秒。

「就是……我聽了秋玻的故事，知道她跟矢野同學相遇的經過後……我對矢野同學的印象……好像有些改變了……」

總覺得她的表情有著過去沒有的動搖。

春珂學姊的精神狀況一直都比矢野學長和秋玻學姊穩定。

而她現在居然表現出動搖的樣子——

「是喔？妳對他的印象變得怎麼樣了～～？」

我努力用不以為意的口氣這麼問。

「呃～～這個嘛……」

春珂學姊一度說不出話——

「我可能真的……太放大他的溫柔個性與對我笑這一點了。這都是因為剛認識時發生過那種事。可是……我現在覺得秋玻心目中的印象也是矢野同學重要的一部分。」

「啊～～原來如此。那妳為什麼會突然這麼想～～？」

「因為……我當時也非常緊張，不知道自己能不能瞞過大家，也不知道能不能適應學校。我久違地想起了那種心情……」

「嗯，這也很正常吧。就算只是普通的轉學，也會讓人緊張得要死，妳又有其他隱情～～」

「是啊……所以我才會這麼想。如果我在那種狀態下跟秋玻有同樣的經歷，遇到正在看書的矢野同學，而且跟他有同樣的興趣……」

春珂學姊的眼神明顯變憂鬱。

「嗯，我或許也會跟秋玻之前說過的感想一樣，認為他是個純粹的文學少年。」

好。

「……哦～～原來如此～～」

我點了頭，一屁股坐在旁邊的椅子上。

我表現得像是恍然大悟，但其實一切都在我的計畫之中。不，結果比我預期的還要好。

想不到她竟然會如此明確感受到自己內心的動搖，還自發地對這件事感到疑惑……真不愧是春珂學姊～～！

我清楚地發現自己對春珂學姊的印象變得更好了。

「……矢野學長，你覺得呢？」

就在這時，我看向矢野學長。

「你在春珂學姊心中的印象似乎動搖了～～你有覺得那種印象才是對的嗎～～？」

「嗯～～沒有！兩種都是對的吧！」

矢野學長彷彿毫無智商可言，說出了直接到不行的回答。

「哎呀～～當然，她們對我的印象應該會有些許差異，但這兩種印象也不是互相衝突吧？不管是個性認真、內心纖細，還是個性溫柔又愛笑，都是有可能成立的。」

「嗯～～你這麼說也有道理～～」

「事實上，我當時並沒有演戲，所作所為都是發自真心。所以，我覺得自己只是剛好兼具那些面貌罷了。」

嗯，他這麼說也沒錯。我們目前知道的矢野學長給人的兩種印象，本來就有可能同時在一個人身上成立。不需要過於混亂，就只是這個人也有不同的面貌罷了。

我看向春珂學姊。

她還是一副若有所思的樣子。

可是——

「……嗯，有道理。」

她抬起頭來，對矢野學長露出笑容。

「這兩種面貌確實有可能共存。矢野同學，謝謝你的回答！」

「喔，不客氣！」

嗯，他們看起來感情不錯，這也是件好事。我們三個人才剛開始一起行動，只要放慢腳步繼續前進就行了～～！

＊

——那一天，我們三個人一起巡視學校裡的各個地方，同時回想矢野學長過去的言行。

個性認真又內心纖細的矢野學長。

愛笑又溫柔的矢野學長。

我們不斷確認他的這兩種面貌，這次換成秋玻學姊也感到她對矢野學長的印象有些動搖了。

「——沒錯……或許就是春珂說的那樣。矢野同學也有各種不同的面貌……」

很好，她能有這種體會就好～因為如果她不先明白這點，後面也進行不下去了！

老實說，我在這個階段還有些手下留情。

在我眼中，兩位學姊的故事裡已經充滿許多「矢野學長自私任性的一面」。

比如說——他突然坦白自己都在演戲。

他沒有事先對春珂學姊詳細說明，就突然在朋友面前坦白了。

我覺得那種行為相當危險～雖然他們三人似乎認為那是一樁美事，但要是看到他那麼做，春珂學姊就再也無法隱瞞自己的存在了吧。老實說，我覺得那一幕有著不小的強制力。

如果他真的要謹慎處理這件事……應該先跟春珂學姊說一聲才對。

而矢野學長沒有那麼做——就是因為他粗魯的個性。

說明白點，我覺得他只是一時興起，只是在自我陶醉罷了。

所以才會在幾乎沒有自覺的情況下，不自然地做出那種戲劇性的行為。

——話雖如此，我並不打算現在說出這件事。

突然跟他們說太多，他們應該只會聽得一頭霧水，還是先慢慢來比較好。

於是！

「那麼，關於明天的計畫～～」

跟千代田老師道別後，我們離開學校走向車站。

我在途中對他們兩個這麼說：

「就按照我一開始提出的想法，我們去拜訪矢野學長的朋友吧～～畢竟是第一個目標，我希望找個跟他感情不錯，最好是認識沒多久的人～～」

嗯，接下來肯定是去拜訪這種人比較好～～得先找個好說話，而且對他們認識時的情況印象深刻的人。如果有這種合適的人選就好了～～……

「啊，那就只能去找那傢伙了吧！」

矢野學長大聲地這麼說。

「我馬上跟他聯絡！他肯定願意協助我們！」

*

「──咦？你……你說他很帥……」

這個人的表情看起來害羞到了極點。

「矢野……給我一種……毅然的感覺，我覺得非常帥氣……」

──拜訪宮前高中後第二天。

我們來到矢野學長和水瀨學姊共同的朋友──細野學長家裡。

細野學長用純情少女般的語氣吞吞吐吐地說出這句話。

「……」

我不由得有一瞬間忘記做出反應。

……哦～想不到竟然有人覺得矢野學長帥氣……這真是超乎我的想像……

我身旁的春珂學姊明顯被嚇到了。也難怪她會有這種反應。

此外，在說出這種話的細野學長身邊，還有他的女朋友柊學姊。讓女朋友看到你那種少女般的表情沒問題嗎？我是這麼想的，但柊學姊似乎並不感到排斥。

……話說，她是不是反倒用發現可愛生物般的表情看著細野學長？還露出「我也喜歡這樣的細野同學♡」的表情……？這……他們兩個是不是笨蛋情侶？他們是那種會在不知不覺中拚命放閃的類型嗎……？

……這可不妙。我好像從一開始就抽到個性強烈的人選了☆

——說到認識不久的朋友，矢野學長最先想到的就是他們兩個。

他們是同樣就讀宮前高中的細野學長和柊學姊。因為學長他們曾經到細野學長家玩，我們就決定厚著臉皮，三個人一起過來打擾了。

不管是細野學長還是柊學姊，看起來都給人有辦法跟矢野學長做朋友的感覺。

細野學長的長相清秀帥氣，言談舉止溫和有禮；柊學姊是個和風美女，有著不同於水瀨學姊的可愛之處。屋子也有在整理，很乾淨。嗯，雖然我是第一次拜訪，感覺還挺舒適的～

……不過，我剛來的時候，細野學長對我充滿了戒心。

他透過門縫靜靜注視著我，還問我「……妳是誰？」「妳跟他們是什麼關係？」這些問題。

其他學校的女生突然跑到自己家裡，也難怪他會提高警覺～～對不起喔，是我太強硬了。可是，你的朋友遇到了危機，還請你務必幫忙～～！

「那個……我原本就經常看到他了。雖然就讀的班級不一樣，但我們還有修司與須藤……這兩個共通的朋友。」

細野學長親切地繼續說下去。

有別於看似冷淡的外表，他好像是個親切的人。

「可是，矢野當時還在演戲，扮演一個愛搞笑的角色，讓我以為他是那種開朗活潑的傢伙……不過，我還是對他很有印象，總覺得自己有辦法跟他做朋友，還在他身上感受到跟我類似的感覺……」

「哦～～原來如此～～你從當時的矢野學長身上感受到某種不同於表面的假象，發自內在的東西了對吧～～？」

「嗯、嗯，我覺得可能就是這樣……」

細野學長點了頭，還不知為何扭扭捏捏。

「然後……大概是在去年春天之後吧？大家一起跑來這裡……來我家玩。矢野當時已經不再演戲，變回原本的他了。那好像就是我們頭一次能好好相處的機會，然後，嗯……我就覺得這個人很帥……」

「咦～～請問是有什麼原因讓你這麼想的嗎？」

「這、這個嘛……我想想……」

細野學長看向我，態度生硬地開始思考。

「嗯，確實有……而且還不少……」

……我懂了。

看來他是那種人吧～不擅長應付像我這樣的女孩～這種人不少，只要我染個金髮，打扮得花俏一點，就算我沒做什麼，對方也會感到畏懼。我又不會把你抓來吃掉，別這麼害怕嘛～讓我們放輕鬆聊聊吧～

「就是……當時我們的共通朋友剛好因為戀愛問題陷入麻煩，讓我們有些手忙腳亂。而且還有水瀨同學……就是秋玻同學與春珂同學的問題。當時我們還不像現在這樣習慣這件事……我猜他應該遇到了很多麻煩，有許多不得不思考的問題，還要過著不習慣的生活。可是，他沒有逃避這些問題，而是勇敢面對挑戰。面對所有問題，他總是拚盡全力……」

細野學長似乎越說越激動。

他的口氣在不知不覺間變得像是在談論超級英雄。

「我以前遇到這種麻煩的時候，曾經選擇逃避。我逃離這些朋友與柊，躲在自己的殼裡面。可是矢野沒有那麼做，而是正面挑戰問題……雖然並非每次都能順利解決，但他依然拚盡全力……嗯，我覺得他這點真的很帥……」

「……哦～原來如此～」

我點頭表示明白，不過這個人對矢野學長是不是太有好感了？這樣會不會有點崇拜過頭了？

老實說，我從來不曾覺得矢野學長帥氣～因為他真的是個遜咖，現在也變成這種怪怪的樣子～每個人的感覺還真是完全不一樣呢～就連提議做這件事的我也著實被嚇到了～

話雖如此，我的感想並不是重點，重點是水瀨學姊怎麼想。

我不經意看向旁邊——發現春珂學姊也露出陷入沉思的表情。

……喔喔～不錯喔！她真的聽進這些話了！

我最喜歡她這種認真的地方了～可是，妳要快點對我冷眼相待喔～因為那最讓我興奮。

順帶一提，身為話題主角的矢野學長——

「哈哈哈，謝啦。」

則是露出莫名爽朗的笑容，對細野學長這麼說。

還伸手搭在他肩膀上，把他抱進自己懷裡。

「我好開心。我今後也會努力耍帥，不會背叛你的期待！」

——啊啊～！

他馬上就受到影響了～～！他被細野學長心目中的「矢野學長」影響了！

他好像變成型男了！

不過那樣一點都不適合他！那種美男子長相跟硬漢言行一點都不搭調啦！還有，細野學長也不要擺出一副樂於接受的表情！這兩個傢伙到底是怎麼回事！

「時……時子……」

春珂學姊看都不看他們兩人。

而是一本正經地向柊學姊問了：

「妳又有什麼想法呢……？妳覺得矢野同學是個什麼樣的男生……？是因為什麼樣的言行，讓妳覺得他是那樣的人……？」

「……讓我想想。」

原本看著細野學長他們的柊學姊將視線移向地板。

然後斷斷續續地開口：

「那個……不是有那種很可愛的四格漫畫嗎？」

她開始說起這樣的話。

「就是那種有很多女孩子登場，劇情沒有什麼起伏，只描寫那些女孩的日常生活的可愛四格漫畫……」

「……噢，嗯，我知道那種漫畫。」

春珂學姊點了點頭。

「就是那種偶爾會改編成動畫的四格漫畫對吧？我有時候也會看那種漫畫……」

啊～～嗯嗯，我也常看那種漫畫，還很喜歡。

說真的～～我覺得現代社會就是需要那種作品。

不過，她怎麼會現在提起這件事？這件事要怎麼接到我們的正題？

正當我思考這個問題時——

「我心目中的矢野同學……大概就像那種漫畫中的登場人物吧。」

「……咦咦！」

春珂學姊驚叫一聲。

坐在旁邊的我也差點打翻手裡的茶。

可是，柊學姊似乎沒注意到我們的動搖。

「在那種漫畫裡面……經常有冷酷的前輩型角色，或是可靠的文靜女孩……」

……這個人到底在說什麼啊～～？

矢野學長是萌系四格漫畫的角色？這個我真的無法理解。

雖然這個人乍看之下很清純，但說不定是在場最糟糕的傢伙。

「對……對了……」

春珂學姊也難掩困惑地詢問柊學姊。

「那他是做了什麼事讓妳有這樣的感想……？我實在不太能理解……」

「啊～這個嘛……就是剛才那種對話。」

說完，柊學姊瞥了矢野學長和細野學長。

「每次只要矢野同學和細野同學這樣對話……我就會覺得他們很可愛，想要一直看下去……呵呵，感覺就像日常系四格漫畫呢……」

「……噢～」

「細野同學就像一個不坦率但其實最喜歡矢野同學的女孩，而矢野同學則是沒有發現他的心意，只想跟他當普通朋友的女孩……」

「原來如此……」

春珂學姊點了頭，看向還在交談的矢野學長與細野學長。

可是，這樣還是說不過去吧～？

把兩位十七歲男孩的互動看成「萌系四格漫畫」，未免太離譜了吧～？

然而——

「……」

春珂學姊陷入沉思。

咦？不會吧！妳也這麼覺得嗎！

「這樣啊……說得也是……或許真的是這樣吧……」

她竟然認同了！

嗯～這實在太誇張了。為什麼柊學姊和春珂學姊有辦法這麼認為？啊，難道……是戀愛的力量嗎！因為她們都分別喜歡細野學長和矢野學長嗎！

真的假的！戀愛的力量太可怕了吧～！

——事情就是這樣，我們拜訪細野家的行動可說是超乎預期地大獲成功。

在那之後的幾天，我、矢野學長、秋玻學姊與春珂學姊又去拜訪了許多朋友，四處打聽他們對矢野學長的印象。

＊

■須藤伊津佳與廣尾修司的答覆

「呃～～我啊～～對他的印象，還停留在他還在演戲的那段時期吧。」

「啊，我懂。因為我也是這樣。」

「因為～～跟他認識以後有整整一年，他都給人那樣的感覺。」

「而且他的演技相當精湛。」

「就是說啊，一點都不像是在演戲～～」

「所以，或許我至今依然覺得在矢野的內心深處肯定有著活潑外向的一面吧。」

■千代田百瀨的答覆

「這個嘛，呃……起初，我覺得他跟高中時期的我有點像。」

「就是……該說是那種叛逆的態度嗎？」

「啊，我不是那個意思。我說的叛逆不是指那種針對學校或老師的叛逆……」

「嗯～～讓我想想……」

「大概是那種針對別人心中常識的叛逆吧？」

■古暮千景與Ｏｍｏｃｈｉ的答覆

「……嗯～～老實說，我覺得他是個難以捉摸的傢伙。」

「是喔～～可是千景，我記得妳曾經說過～～就是因為別人的個性跟自己差很多，才會讓妳對那個人感興趣～～」

「沒錯，所以我才會在教育旅行時邀請他跟我們一組，結果……我還是沒什麼特別的感覺。所以，嗯，我還是搞不懂他這個人。」

「我反倒覺得他是個很有魄力的人～～畢竟他都讓我在文化祭上親眼見識到那種魄力十足的宣傳手段了～～」

*

「——我已經完全搞不懂了。」

跟古暮學姊和Ｏｍｏｃｈｉ學姊聊過以後，我們離開咖啡廳準備回家。

我身旁的秋玻學姊——小聲地如此呢喃。

「我對自己心目中的矢野同學才是真貨這件事很有自信……因為我相信自己比任何人都還要關注他，也相信他的某些面貌只讓我一個人看見……」

「嗯～～這應該是事實吧～～」

嗯，我覺得她並沒有自以為是～

事實上，最把矢野學長放在心上的人，恐怕就是秋玻學姊或春珂學姊了吧～

「所以，嗯，我絲毫沒有懷疑，以為自己了解矢野同學，以為自己了解他內心的根源，以為那些東西肯定永遠不會改變，可是……」

秋玻學姊輕輕嘆了口氣。

「大家的回答點醒了我。不管是他粗魯、溫柔、帥氣、可愛、有趣、叛逆、難以捉摸……還是魄力十足的部分……嗯，我都明白。我也可以理解……對他的那些形容全都說得過去。」

秋玻學姊有些難過地扭曲嘴角。

「而且那些印象實在差太多了。不但如此……其中某些印象還互相矛盾不是嗎？粗魯與溫柔；可愛與帥氣。我還認為他是內心纖細又個性認真的人……對吧？」

說完，秋玻學姊看向我。

那是完全——摸不著頭腦的表情。

充滿著發現自己以為理所當然的事情原來竟是如此脆弱的不安——

「『原本的矢野同學』到底是什麼樣子呢……」

——沒錯，就是這個問題。

我們該做的就是思考這個問題。

我們必須懷疑自己心中對他的印象才行。

「……對了～～」

聽完秋玻學姊這麼說，我試著詢問矢野學長的想法。

「矢野學長，那你呢～～？聽了這麼多人的回答，你有過『不，那才是真正的我～～』或『這種看法實在太扯了』之類的想法嗎～～？」

他想了短短幾秒後才說：

「……沒有。其實我也不太明白。」

他稍微皺起眉頭，但還是用略為平靜的表情這麼說。

「嗯～～每次聽完大家的說法，我都會覺得好像有道理……雖然可以接受，又覺得並不完全正確……我到底該聽誰的才好……」

——所以……

我還以為做到這樣他們就會明白，其實這就是我這次行動的目的。

讓秋玻學姊和春珂學姊對矢野學長的印象產生動搖。

她們心中那個「原本的矢野同學」實在太不明確，我要讓她們覺得那種東西可能根本就不存在。

此外，我還想讓矢野學長也見識到她們的動搖。
我想讓他體驗自身的存在從內到外都受到撼動的感覺。
我——是這麼認為的。
世上沒有人擁有與生俱來的明確性格。
當然，雖然每個人應該都有各自的特徵，但只有極少數人會一輩子都照著這個特徵做人處事。
因此，我認為所謂的人性——應該是自己先有個理想，然後在朝向理想前進的過程中逐漸形成的東西。不管是角色、為人還是立場，都是出於自己和環境的要求而逐漸形成的——
在這個過程中拒絕扮演角色的矢野學長又會變得如何呢？
答案就是會變得很不穩定。因為他想要視情況回應別人對他的印象，個性才會變得亂七八糟。這是理所當然的結果。
就算他想恢復原樣，他又有什麼原樣可言？
換句話說——現在這位個性變來變去的矢野學長，其實跟過去沒什麼兩樣。因為原本的矢野學長……不，所有人都是這樣。
——說吧，矢野學長，你想怎麼做？

你今後要選擇做什麼樣的自己？

讓我看看你的選擇吧。

先說好，這可不是要你立刻回到我身邊的意思，也不是要你立刻重拾演技，回到我們當初那種關係。

早在文化祭的時候，我就已經捨棄這種想法了。

所以，讓我看看未來吧。

讓我看看你沒有選擇我的未來是什麼樣子吧。

這就是我想說的話——

「——那麼～～！」

我們抵達西荻窪車站，今天也到此結束。

我轉身看向他們，說出自己的想法。

「接下來我打算採取更大膽的做法～～！畢竟春假所剩不多了！時間已經來到四月，我也還要打工，差不多該一口氣解決這件事了。」

沒錯，我快升上三年級了。

沒時間讓我們慢慢來……總覺得秋玻學姊和春珂學姊的對調時間也開始稍微變短了。這恐怕不是什麼好現象吧，總覺得快點解決這件事比較好。

既然如此——我接下來就要下猛藥了！

我要一口氣把所有人帶到終點！而我現在該做的事情就是——

「明天——我們就兩個人一起行動吧～～」

說完，我拉起秋玻學姊的手。

她的手纖細又光滑，還軟綿綿的。

嗚哇～～真想一輩子牽著這隻手……矢野學長，你是不是讓她用這隻手幫你做了很多壞事～～？未免太令人羨慕了吧～～？

「咦？兩、兩個人一起……？」

秋玻學姊顯然動搖了。

這也難怪，畢竟事情來得太突然，她也不曉得我有何目的。不過，我等一下就會好好解釋的～～

「沒錯，我們之前都是大家一起行動，有些事情不方便做。矢野學長，沒問題吧？我要暫時跟你借一下秋玻學姊和春珂學姊嘍～～」

「……啊，嗯、嗯，我是無所謂啦……」

矢野學長露出愣愣的表情，點了頭。

「那個……只要妳別對她們做出過分的事情就行……」

不能做出過分的事情嗎～～

哎，我可以先做出保證，我不會這麼做。

不過，要怎麼認為是秋玻學姊和春珂學姊的自由。至少我這麼做是出自善意～～

「那麼～～」

我探頭看向秋玻學姊的臉。

「明天要請妳多多指教嘍～～」

秋玻學姊依然面露不安。

「嗯、嗯……」

最後還是向我點了頭。

——然後，在當天回家的路上。

我坐在駛向吉祥寺的電車上。

傳了下面這段訊息給秋玻學姊。

kirika：『明天～～我們就去找討厭矢野學長的人，聽聽對方的說法吧！』

＊

「——老實說，我不是很想這麼做。」

隔天，我來到水瀨學姊家，進到她的房間。

我人才剛到……春珂學姊就擺出一張臭臉。

她板著臉，坐在讀書專用的椅子上，惹人憐愛地嘆了口氣。

然後再次不甘不願地說：

「……我喜歡矢野同學，秋玻也是。可是，妳卻要我們聽討厭他的人談論他……這不就等於要我們聽別人說他壞話嗎？這讓我很不舒服……」

「好啦好啦～～別這麼說嘛～～」

她冰冷的口氣令我感到興奮。春珂學姊久違的冷淡態度讓我感受著下流的性快感，同時做出這樣的回答：

「這件事我們真的非做不可～～我們之前不是都聽好朋友的意見嗎？這樣應該很難避免偏頗吧～～畢竟不可能所有人都喜歡他，如果排除掉討厭他的人的意見，應該也有失平衡吧～～？」

——秋玻學姊與春珂學姊的房間完全符合我對她們的印象。

書架上擺著純文學與戀愛系的少女漫畫，還能找到不少我也喜歡的作品～～看來我們應該很合得來。

櫃子上理所當然地同時擺著可愛的玩偶與爵士樂的唱片，衣架上也呈現出從典雅到休閒風的漸層……

該怎麼說呢，這裡感覺就像是一對個性截然不同的姊妹的房間。雖然床和書桌都只有一張這點很不可思議就是了。

此外，房間裡好像有股香味。這香味應該是來自擺在桌子旁的薰香燈……精油跟時尚的燈光合而為一。這應該是薰衣草的香味吧。嗯，我猜八成是秋玻學姊喜歡的東西！

「妳說的或許有道理……」

在這樣舒適的環境中，春珂學姊依然面露不滿。

「哎，我知道這也沒辦法，可是……」

……嗯～～我也不是不能體會她的心情。

沒人想聽別人批評自己喜歡的人～～換作是我，說不定會發飆吧。別說是自己的心上人了，我連自己好朋友的壞話都不想聽。

即使如此——我覺得故意不去正視那些不好的地方，假裝那些缺點「不存在」也是錯的。

如果真心喜歡一個人，就該連那些缺點都接納，更別說是現在這種狀況了。

我覺得只有連缺點都接納——才能稍微看清楚那個人的全貌。既然如此，我們就應該去找出他的缺點。

「——所以～」

我邊說邊解除手機的螢幕鎖定，接著打開通訊軟體。

「我試著問過朋友，最後總算找到討厭矢野學長的人了～」

「……原來還真的有那種人。」

從她的口氣聽來，她似乎無法想像竟然有人討厭矢野學長。

不過，那種人當然存在。不管是什麼樣的聖人君子，都不可能讓每個人都喜歡。只要願意尋找，至少可以找到一個對那個人印象不好的人。

「畢竟他在國中時代跟身邊的人處得不好，所以我們這次要拜訪的對象就是當時跟他同班的北村學長。他現在跟妳們一樣就讀宮前高中，但好像是不同班級～」

「……妳是在哪裡找到這樣的人？」

「我是透過國中時代的補習班朋友找到的～這可是花了我不少功夫喔。其實我從好幾天前就拚命在找人了～」

「是喔？原來妳早就打算這麼做了啊……」

「那當然！如果做事缺乏計畫，就只會忙半天卻一無所獲～～」

哎，這件事真的頗難搞。

我先是在補習班的朋友之中找尋認識矢野學長的人。雖然找到了幾個，但他們都沒特別討厭矢野學長。於是我改變做法，向他們打聽跟矢野學長關係不好的人，最後才找到了北村學長。

哎呀～～過程真的是萬分艱難！不但麻煩得要死，想說明這麼做的原因更是困難！我最後找了個「沒有啦，我現在跟這傢伙有些糾紛」這樣模稜兩可的藉口，才總算成功打聽到情報。不過如果沒有我在補習班培養出的人脈，大家應該不會提供情報給我吧～～日積月累果然很重要！

「然後，我已經跟北村學長本人說過，希望跟他聊聊矢野學長，也希望他能誠實說出對矢野學長的印象。他對此感到狐疑，但幫忙牽線的人幫我說話，說我不是會做壞事的人，他才答應幫忙～～」

「……原來如此。妳的行動力真強……」

「嘿嘿嘿，謝謝誇獎。不過春珂學姊，妳的表情看起來不像是在誇獎人喔～～」

「是啊，我有些被妳嚇到了……為什麼妳能努力到這種程度……」

「嗯，因為我個人也很感興趣啊～～」

沒錯，這可不是出於正義感的慈善活動，而是出於興趣的利己行為。我希望秋玻學姊與春珂學姊也能理解這點。

還有就是～～……我也希望多跟秋玻學姊和春珂學姊有交流！

這可是難得的春假，我想跟可愛的女孩一起度過！

「所以，我們趕快打電話給他吧～～」

為了讓春珂學姊也聽得見，我把通話設定改為擴音之後，就用Line打電話給北村學長。

過了一段時間，我們聽到通話聲，螢幕也切換到通話的狀態。

『……喂？』

擴音器傳來有些疑惑的聲音。

「啊～～學長好～～我是庄司～～」

『啊，妳好，我是北村。』

「不好意思～～打擾你了。因為某些緣故，我想請教你對矢野學長的印象～～」

『啊，沒問題。這我已經聽說了……』

從聲音就聽得出來，電話另一邊的北村學長點了點頭。

『……那個～～可是……』

然後，北村學長難以啟齒地說：

『真的不能把這些話告訴別人喔。因為我不喜歡在背後說別人的壞話……也不希望因為這樣造成不好的結果……』

……原來如此。

我原本還在想他是個什麼樣的人，看來他的腦袋還算正常。我也想過他可能會是只想說別人壞話的討厭鬼，但看來事實並非如此。真是太好了～～因為這種人說的話比較有說服力～～

「噢，這點你大可放心～～！因為某些緣故，詳細情況我無法明說，但我真的不會拿這些情報去做壞事！這反倒是為了解決已經發生的問題～～」

『嗯～～……我明白了。這點我相信。我朋友也拜託我幫忙，我相信妳。』

「謝謝學長～～！……那事不宜遲，可以請你告訴我，你心目中的矢野學長是什麼樣的人嗎～～？就是你們認識至今發生的一切～～」

『啊～～了解。讓我想想……』

也許是在腦袋裡整理要說的話。

北村學長陷入短暫的沉默。

『……我們第一次同班是在國一的時候。』

接著小心翼翼地開始說明。

『雖然我們讀同一間小學，但當時是我們頭一次被分到同一個班級。老實說，我對他沒什麼印象。我們都算是偏內向的男生，可是……那傢伙不是都在看一些難懂的小說嗎？我則是喜歡看漫畫和動畫，所以我們之間沒什麼交流。我只覺得他應該是個有點難搞的人。』

「嗯嗯嗯……我完全可以想像～原來矢野學長是那種國中生啊。」

這部分應該很接近秋玻學姊心中的矢野學長吧。就是那種內心纖細且個性認真的文學少年。

他覺得矢野學長有些難搞這點是我們之前都沒聽過的感想，可是我能理解他為何會這麼想。

『然後，我們第一次互動是……對了，是我們跑去找他說話。當時我們正在討論漫畫，矢野剛好就在旁邊。我朋友就問他：「矢野，我看你經常看書，你也會看漫畫嗎？」然後他回答有，我們就問他喜歡看哪種漫畫……結果都不是我們喜歡的。這也無可奈何，但那傢伙在途中說了一句：「啊～原來北村你們喜歡那種東西啊？」那種口氣……該怎麼說呢？聽起來好像……有點……瞧不起我們。』

「啊～～我懂你的意思。」

我忍不住對著手機不斷點頭。這種情況確實不少。

『不過現在回想起來，我覺得當時可能是我想太多了。矢野說那句話或許沒有別的意思……他應該不是刻意要嘲諷我們……』

「嗯嗯。」

這傢伙很冷靜耶。這點也讓人頗有好感。

『可是，我們那群人從那之後就開始對他有點不爽……就是不知道該怎麼跟他相處的感覺……』

原來如此～～我覺得這種事很常見。在文青類作品和大眾類作品的讀者之間，總是好像有一層隔閡。

我們班上也有不少這樣的隔閡，在那些偏內向的人之間好像有種神祕的地盤意識。不過，老實說我個人對那種事毫無興趣。比起那種事，考慮該怎麼處理現實的問題不是重要多了嗎～～？

『然後過了不久，又發生了某個事件。矢野在班上跟別人起衝突……』

「事件啊～～請問是什麼樣的事件？」

『就是～～當時班上有個容易被人欺負的男生。就在那傢伙被一個盛氣凌人的陽光型男生欺負時，矢野出面制止了。他好想說了什麼「就算他是被欺負型角色，也不代表想對他做什麼事都行」之類的話。』

「啊～～嗯嗯嗯，原來如此～～」

其實我也知道這件事。

矢野學長頭一次跑來找我說話那一天，他就告訴我這件事了。

『當我看到那一幕時，其實我很佩服他。我覺得他很厲害，心裡也很感動，可是後來……班上就瀰漫著要排擠他的氛圍，我們也就不太會去找他說話了……結果矢野自己的態度也變得有些帶刺……』

「我懂。如果一個人被大家排擠，會變成那樣也很正常～～」

『我也這麼認為，所以我覺得那也怪不得他。可是，嗯……也不知道是不是因為這樣，其實我們後來跟他有發生一次明顯的衝突……』

北村學長一時之間說不出話。

接著他像是終於下定決心，深深吸了口氣。

『那一天，我們在學校傳閱最新一集的漫畫。那個～～那真的是一部感人的傑作，但就是……有點色情的成分，是那種美少女露出很多肌膚的場景……』

「啊～～這個我也懂。我知道有那種作品！」

我也知道幾部那種作品。

我覺得不應該在學校看那種東西，但也不是不能理解他們想快點翻閱的心情～

『然後我們趁下課時間在教室裡偷偷看那本漫畫，而矢野當時正好從旁邊經過，說了「我覺得不要在學校看那種書比較好」之類的話。我們也知道他是對的，也想趁機跟他說說話。他似乎被大家排擠，但我們想讓他知道我們並沒有排擠他，就對他說「不，其實這部作品很有趣喔」這種話。』

「喔喔，如果矢野學長當時被大家排擠，這樣的回答算是很友善了耶～」

『是啊，倒不如說我們也希望藉這個機會跟他說話……可是，該怎麼說呢？矢野當時似乎心情不好……就回我們一句「拜託去看點更正經的書啦」……』

「啊～～……」

嗯，這是會讓人吵起來的話。如果再加上之前的事情，這句話真的會讓人吵架。

矢野學長竟然說了那種話～～哎呀～～相當有火藥味喔。雖然他當時可能被逼得很緊，不過這好像跟他現在給人的印象差很多耶～～

我偷偷看向春珂學姊。

她皺起眉頭，靜靜聽著北野學長說話。

『哎，這讓我們也火大了。因為我們明明懷著好意，卻被他汙辱自己喜歡的作品……然後我們就起了口角。嗯……從此以後我就沒再跟他說話了……』

他的口氣聽起來充滿遺憾。

北村學長大概也不想跟矢野學長吵架吧。

事實上，我覺得他們應該有可能當朋友。

北村學長對沒什麼好印象的矢野學長，還是做出了如此公正的評論。

只要有契機，他或許也能跟矢野學長變成好朋友吧～

可是，那種事情沒有發生。很遺憾，現實並非如此。

『……對了。』

北村學長像是想起某件事，突然叫了出來。

『那次吵架最後，我朋友對矢野說了一些話，像是：「你到底在臭屁什麼？」或是：「你沒看過作品內容就妄加論斷，看那些難懂的書有這麼了不起嗎？」結果……矢野就露出發自內心看不起我們的笑容，還擺出跟我們已經無話可說的態度，只丟下一句「噢，原來你覺得我看的書很難懂啊？」就走掉了……』

……嗚哇啊啊啊。

嗚哇～～這句話有夠酸的～～！矢野學長，你這句話酸過頭了啦～～！

未免太看不起人了吧！根本就是發自內心瞧不起對方！

直接說一句「你是笨蛋」還比較好聽！

『那句話……讓我真的很火大……嗯。』

北村學長似乎想起當時的事，發出氣得咬牙切齒的聲音。

『我那些朋友全都愣住了，後來也都氣到發瘋……還說什麼「難怪那傢伙會被班上排擠」之類的……』

哎，他們會有這種反應也很正常……

光是沒有揍他一頓就已經算是很冷靜了。換作是我，百分之百會出手揍人，不然就是設計讓他在教室裡的地位跌入谷底☆

『……總之……』

他應該不願意再想起那件事了吧。

北村學長做出總結。

『我還是對矢野沒什麼好印象。所以，我在高中也沒跟他說過一句話……今後應該也不會跟他有交流了吧——』

——後來我向北村學長鄭重道謝後，就切斷通話了。

我一邊關掉手機的通訊軟體一邊對超出預期的收穫感到滿足。

……嗯，非常完美！

這就是我想要的情報～～！

那是矢野學長絕對不會讓好朋友看到的一面。可是，那也毫無疑問是他沒有虛假的一面。

其實我本來真的很擔心，要是來了個只想說他壞話的傢伙，就會讓人覺得不太能相信，得到的情報也會有失偏頗。

可是，嗯，北村學長可說是完美的人選！

當然，事情有可能不完全跟他說的一樣，不過至少大致上應該不是謊言——更重要的是……

「……」

春珂學姊露出沉思的表情閉口不語。

看到她那種表情，還有緊緊闔上的美麗雙唇——

我清楚意識到自己完成任務了。

——嗯，我只能幫到這裡了吧。

我獨自在心中這麼想。

已經沒有我能做的事情了。

再來——得看他們自己。只能看矢野學長、秋玻學姊和春珂學姊要怎麼做了——

幕間
intermission

【保存點】

「——大致就是這樣了吧～」

從我家到車站的路上。

霧香突然這麼說，並且停下腳步。

然後她轉過頭來，探頭看向我的臉。

「秋玻學姊，我覺得已經沒有自己能做的事情，我的任務已經完成了。」

在橘色夕陽照耀下，那頭金髮閃閃發亮。

我還看到清晰的眼妝，以及現代風格的亮麗脣色。

雖然乍看之下並不搭調，霧香那種清新可愛的姿色也很適合這幅懷舊的風景，讓我有種心痛的感覺。

——我已經在房間裡聽說過那些事情了。

就是那位北村同學的經歷，還有矢野同學在國中時代對他說過的話。

……沒錯，霧香說的對。

情報確實已經收集完畢。

關於矢野四季這個男生的情報，我們透過許多方面有了充分的了解。

所以再來——只剩下我們要怎麼做的問題了。

「……謝謝妳。」

我深深低下頭。

我正面看著霧香，向她表達謝意。

「托妳的福，我想通許多事情了。雖然……我還沒決定該怎麼做就是了。老實說，我現在腦袋一片混亂……嗯，不過我覺得這是必要的。這都是妳的功勞，謝謝妳……」

我隱約明白了。

她覺得我、春珂和矢野同學都是老好人。這或許確實是事實，但霧香自己也一樣。就算對本人也有好處，願意為別人做到這樣的人還是不多。

她是個好女孩，而且八成比她自己想的還要好。

「不客氣～～反正這件事很有趣，我只是做自己想做的事情～～」

霧香開心地笑了。

成熟的臉龐上有著符合年紀的稚氣。

然後——

「啊，不過～～如果妳想道謝～～……」

她突然露出不懷好意的表情，再次探頭看過來。

「……一天就好，可以請妳當我的女朋友嗎？」

「……咦？妳這句話是什麼意思？」

「就是～～要妳當我的戀人，以戀愛對象的身分跟我交往。」

「……啊哈哈，不可能啦。」

這女孩的要求還真是誇張。竟然要我當她的女朋友，到底打算對我做什麼……難道她想跟我約會？還是要我陪她一起去買東西？如果只是要做這些事，就算我不當她的女朋友也行吧……

「……是喔～～」

令人意外的是，霧香一臉遺憾地這麼說。

「算了，這也沒辦法。畢竟妳已經有矢野學長了～～」

「嗯，就是說啊……」

在如此回答的同時，我又轉念一想。

……也許她說那些話是認真的。

這可能是我自作多情，也可能是我太看得起自己，不過我覺得霧香可能是認真地想跟我交往……

……如果是這樣，我的答覆就有些對不起她了。

我或許應該更嚴肅地正式拒絕。

霧香露出悲傷的表情。她還是一樣，可愛得會讓人怦然心動。

我想……如果命運的齒輪出了錯，矢野同學應該就跟這女孩交往了吧。

如果某個齒輪正好對上，抑或是沒有對上，矢野同學就不會離開這女孩，而是跟她交往了吧。

到時候那個成為霧香男友的矢野同學又會是什麼樣的男生呢？

如果我遇見他——還會喜歡上他嗎？

「……不過，可以的話……」

霧香突然抬起頭。

用那雙眼睛筆直注視著我。

「希望妳能繼續跟我做朋友。」

「嗯，當然可以。」

「請妳幫我向春珂學姊道謝。還有……請務必告訴我這件事的後續結果，就是妳跟矢野學長之間的事情。」

「嗯。」

我明確地向霧香點了頭。

「我當然會向妳報告。」

「……謝謝妳。」

霧香露出了笑容。

那表情十分惹人憐愛，我甚至覺得自己可能一輩子都忘不了——

*

——我們來決定今後的方針吧。

跟霧香道別後，回家途中我在某個公園找了張長椅坐下。

我在手機的記事本裡記下給春珂的訊息。

現在就是決定我們未來的時刻。

我認為這一刻終於來臨了。

——春珂，妳應該發現了吧？

人格對調的時間變成十五分鐘整了。我想這種狀態應該撐不了多久了。

關於矢野同學，我們已經得到所有必要的情報。

所以，我們要把下次對話當成最後的機會，現在就決定該怎麼做。

即使是現在，人格對調的時間也在逐漸縮短。

現在是十五分鐘。根據主治醫師的說法，這種狀態頂多只能再維持幾天。我們之前處於如果發生某種突發狀況，雙重人格隨時都有可能結束的狀態，但現在情況已經變得更嚴重了。

換句話說——不管我們怎麼做，這一切都要結束了。

不管我們的狀態是否穩定，心情是否平靜，雙重人格都會結束——

所以，我們應該把這當成最後的機會。

下次見面就是把內心想法告訴矢野同學的最後機會了——

我突然想到某件事，便趕緊查看行事曆。

開學日就快到了。如果要在那之前解決這件事，我該選在什麼時候進行……

對了，矢野同學曾經說過，因為這次的事情，學校替他安排了一場面談。

我記得時間好像是後天下午，由他本人、千代田老師和他的監護人進行三方面談。

如果是這樣——

——我們要不要跟矢野同學約在後天面談結束後碰面？
到時候我們就把自己的心情與想法告訴他吧。

*

——我完全贊成秋玻的想法。
我們的時間所剩不多了。
這樣的話，我們只能把下次見面當成最後的機會，把所有想法都告訴他——
至於約在面談那天見面，我也贊成。
可是——
「唔唔……」
我坐在長椅上低聲沉吟。
——手機裡殘留著秋玻的想法。
那是她最近看到矢野同學的各種面貌後做出的結論——
而她的結論……我實在無法接受。

我們確實看到了許多他讓人意想不到的一面。粗魯的矢野同學、帥氣的矢野同學、可愛的矢野同學，還有——個性有點糟，有討厭的一面的矢野同學。

我也還沒從混亂中恢復。

我們見識到的每一種矢野同學感覺都很真實，實在不像是演戲。

可是——

「秋玻的想法……嗯～我覺得有點……」

——我不太能接受。

秋玻最後想到的接納「矢野同學」的方法還有對他這個人的理解，我都無法接受。

我猶豫了一下。

——那個……我的想法跟妳不太一樣……

然後誠實地在手機裡記下這些話。

——我覺得矢野同學其實……

*

——原來如此，我明白妳的想法了。

看完她寫下的長文後，我坐在長椅上深深嘆了口氣。

——嗯，我覺得妳這些話很有說服力，我也無法否定這種想法。

我們的意見明顯出現分歧。

矢野同學擁有許多不同的面貌，我們該怎麼接受他？又該怎麼理解他？

我跟春珂對於這個問題的看法可說是完全相反。

……原來如此，這種事也是有可能發生的吧。

我看著手機，突然笑了出來。

我跟春珂是不一樣的人，心情與想法當然也會有所不同。現在的情況這麼複雜，就算想法完全相反也沒有什麼不可思議。

所以——

——那我們就分別告訴他自己的想法吧。

我繼續用手機記下這些話。

——我們應該不需要決定誰對誰錯吧？

所以，妳的想法就是妳的想法，我的想法就是我的想法，我們各自把這些想法告訴矢野同學吧。

沒錯，我覺得只能這麼做了。

這可能是我們最後一次跟矢野同學交談，到時候可不能留下任何遺憾。

既然如此，我們只能分別說出自己的真心話了。

＊

──嗯，我知道了……

看完秋玻的答覆，我又繼續寫下自己的答覆。

──就這麼辦吧……

謝謝妳願意對我這麼說……

我想像著那一瞬間的情況。

當我們輪流對他說出自己想法的瞬間──

到底會出現什麼狀況？我們三個人之間會發生什麼事情？

……不，其實我早就知道了。

不管是我還是秋玻，說不定──連矢野同學都知道了。

我們都很清楚最後會發生什麼事情──

所以我不想讓自己後悔。為了不留下遺憾，我想把心裡的一切都告訴矢野同學——

「……嗯，沒錯。」

就在這時——我突然想到了。

有個辦法可以真正地把一切都告訴矢野同學。

當一切都結束之後，也還能好好地向他道謝——

——秋玻……我有個提議……

我開始在手機裡寫下這個想法——

——我有東西想交給朋友和大家……

第三十八章

Chapter.38

「關於我們」

Bizarre Love Triangle 三角的距離無限趨近零

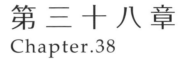

——其實我還記得。

我還記得那天所作的夢。就是班級聚會當晚那個談戀愛的夢。

也記得夢裡——那個我愛上的女孩。

——她們兩個都不是那女孩。

我愛上的女孩——既不是秋玻，也不是春珂。

那是個不可思議的夢。

不管是身體感受到的浮游感，還是朦朧的景色，都毫無疑問是我知道的夢境。

可是，感覺不一樣。我能清楚感覺到自己在談戀愛。

心中感受到的那種甜蜜、痛楚、悲傷與歡喜，以及有「她」陪伴在身邊的幸福，都毫無疑問是真實的。

那種感覺充滿了現實感，實在不像是一場夢——

所以——我不想相信這件事。

不想相信自己愛上的女孩竟然不是秋玻，也不是春珂。

而且我還不曉得那女孩是誰——

我沒辦法把這件事告訴任何人。要是我說出這件事，就會對人造成致命的傷害。過去至今建立起來的關係，還有那些從中萌生的珍貴情感，全都會被徹底破壞，再也無法挽回。

所以——我要負起責任，把這個事實埋藏在心裡。

不是要忘記，也不是要假裝沒這回事。

而是做好覺悟——深藏在自己心裡。這就是我做出的選擇。

結果——想不到我竟然會因此迷失自我，還像這樣給秋玻與春珂添麻煩，但她們應該都沒有發現這個祕密。

所以——這個祕密現在還是祕密。

我在夢裡發現的祕密依然嚴密地深藏在心裡——

「——是嗎？原來如此。」

這裡是位在校舍角落的一間普通教室。

只要再過三天，這裡就會變成三年一班的教室。

當我說完自己開始放春假後的現況時，千代田老師放心地深深呼了口氣。

「太好了，看來這情況並沒有影響到你的生活能力……我還以為你搞不好連要來上學都有困難……」

坐在對面的老師放鬆了表情。

我、秋玻、春珂與霧香前些日子有請她幫忙讓我們進學校，今天原本也沒有打算要舉辦這樣的面談。也許是因為我們一直這樣麻煩她，讓她的臉色看起來有些疲倦。說不定不光是我的問題，秋玻與春珂的變化也讓她費了不少心思。

「嗯，是啊。上學應該不成問題。」

坐在我旁邊的媽媽點了點頭，向老師如此回答。

「他本人似乎也想來上學，我就覺得不要隨便替他改變環境會比較好。」

起初我媽很擔心我的變化，但最近已經開始逐漸接受了。不管我的精神狀態變得如何，她都能理所當然地接受。

順帶一提，我今天的精神狀態……應該算是相當平靜吧，現在也沒有感受到多餘的不安與愧疚。換作以前的我，態度應該會更加惶恐，不斷向老師道歉才對。甚至還會惶恐過頭，害老師不小心笑出來。

「有道理。那今年就讓他跟去年一樣，先正常地開始上學看看吧。矢野同學，你覺得如何？離開學日只剩下三天，你有辦法從第一天就在普通的班級上課嗎？」

「嗯……應該沒問題。雖然班上同學可能會覺得我有點奇怪就是了。」

「了解。不過這很難說，如果是以前不認識你的人，或許根本不會發現異狀。」

老師說的確實有道理。

如果不認識以前的我，就算現在的我有點奇怪或是個性一直變來變去，對方也可能根本不會發現。

比起秋玻與春珂的變化，我的變化平順多了。既不是瞬間切換，也不會出現記憶中斷的狀況。

嗯，我覺得自己肯定不會有問題。

——在那之後，我們又聊了一些事情，然後面談就結束了。

「那我就先告辭了……」

我媽先一步離開校舍。

我已經跟媽媽和老師說過，我接下來還要重要的事要做。

「……你們要在社辦談話對吧？」

我們兩人一起目送媽媽離開後，千代田老師這麼問我。

「你跟秋玻與春珂要在社辦談事情對吧……？」

「嗯，沒錯。」

「……我明白了。」

千代田老師點點頭。

然後她抬頭仰望我，露出給我勇氣的笑容。

「好好……加油喔。」

「……我會的。」

聽到這句話——我老實地挺直背脊。

我有種心裡的開關被按下的感覺。我現在肯定正從「平靜的自己」轉換成「能幹的自己」。

想到接下來可能會發生的事情。

我就很慶幸能以這樣的自己去面對——

——提議要在社辦談話的人，是秋玻與春珂。

不是在家裡，也不是在公園和咖啡廳，她們刻意選在學校，還是那間狹窄的社辦。

現在明明是春假，她們還是不惜換上制服，也希望在對我們來說很重要的地方，也就是社辦裡談話。

我清楚感受到——這個要求的意義。

接下來要跟她們談的事情肯定非常重要。

我們或許能做出結論，像是關於我人格的問題，或是我們之間不明確的戀情——甚至是她們兩個的雙重人格問題。

我有種近乎確信的預感。心跳開始慢慢加速。

——事情到底會變得如何？

我不知道。我完全無法想像我們接下來會遇到的事情。

因為我連自己的心意都無法順利接受。我在那場夢中感受到的，就是我既不是喜歡秋玻，也不是喜歡春珂。

我至今依然不願相信這件事，發自內心希望事實並非如此。

此外，我還有一個願望。

我是個至今還無法接受一切的軟弱傢伙……但還是希望自己至少要接受秋玻和春珂的願望，以及她們兩人的心意——

「……我們也會在旁邊待命。」

千代田老師說話的口氣就像是比賽前跟拳擊手交代事情的教練。

「我跟負責照顧她們的醫院相關人士也知道事情會變成今天這樣，她們的家人也是。所以……要是有什麼狀況，要立刻通知我們。」

「……好。」

如我所料，老師他們也做好了因應最壞狀況的準備。

雖然嘴巴沒有明說，她們的人格對調時間已經縮短成十五分鐘了。在這種狀況下，如果又發生某種牽扯到她們自身存在的事件——就肯定會造成某種變化。大家一定都如此確信吧。

而我現在就要去跟秋玻與春珂——三個人一起談話。

「對不起，把重擔都交給你一個人承擔。」

千代田老師懊悔地這麼說。

「可是，我很慶幸那個人是你。」

這句話讓我感到開心。

我想了一下。

「……我也很慶幸有妳這個班導。」

然後回她這句話。

千代田老師驚訝地稍微睜大眼睛後——露出今天第一次發自內心感到快樂的笑容。

「矢野同學，你也變得很會說話了嘛。」

「是啊。那我要出發了……」

說完——我離開教室來到走廊。

前往我們度過許多時間的社辦。

窗外已經完全變成春天的景色了。櫻花含苞待放，樹木青翠茂密。路上行人的服裝也變得輕盈，散發出歡樂的感覺。

——沒錯，結束的季節到來了。

但這同時——也是開始的季節。

肌膚感受到的溫度和空氣中的味道，還有映入眼簾的色彩，讓我再次感受到這樣的事實——

*

「——嗨～～我來嘍～～」

總覺得有點像諧星登台時會說的話。

我在社辦裡等了十分鐘左右。春珂意外地帶著一如往常——甚至比平時輕鬆的表情來到社辦。

「抱歉，讓你久等了嗎？」

「不，沒那回事。還沒到我們約好的時間呢。」

「是喔～～那就好。」

說完，她把書包擺在一旁，在我對面的椅子坐下。

一股香味從她身上傳來。那是一種甘甜華麗的香味，八成是洗髮精的味道，但也可能是洗衣精。說不定那是她在來這裡的路上，不小心沾到身上的春季花香。

——我突然想起我們初次見面時的情況。

正好在一年前，我頭一次遇到秋玻與春珂。

當時只要待在她身邊，也經常會聞到這種香味。

空氣帶有些許寒意，殘留的冬天氣息比當時更濃。可是——對了，再過不久就要滿一年了。

我看著眼前的春珂好一會兒。

制服在她身上相當合身，頭髮在窗外陽光照射下閃閃發亮。

臉頰乾淨潔白，鼻梁有如雕像般直挺，桃色嘴脣充滿春天的氣息。

還有——那雙又大又圓的眼睛。

水亮的眼睛映著好幾億光年的深邃黑暗。

無數星星在其中閃爍，旋轉的光芒像是要把人吸進去——讓我想起跟她度過的這段時間，想起這彷彿永恆的一年。

我突然覺得自己應該記錄下來。

過去跟她經歷的一切肯定會大幅改變我的人生吧。

就算我從高中畢業，就算我出社會了，就算我上了年紀變成老人，直到我死去的瞬間，肯定也會覺得這是一段特別又珍貴的時間。

我如此確信。這就像預言一樣，讓我明確地如此理解。

所以我想讓這段時間變成永恆，我想讓我們共度的每一天變成永恆。總有一天，不管是什麼形式都好，我希望能把這段時間記錄下來。

而現在——我們已經踏進這段紀錄的最終章了。

我想一切問題都將在這之後得到解決。

——該做出選擇的時刻就在眼前。

「面談的結果如何？」

春珂不經意地這麼問。

「噢，還算順利。從這個春天開始，我還是會正常地來上學。老師說要一邊觀察情況，一邊視情況柔軟地應對。」

「我想也是。這樣比較好，我們去年也是這樣。」

「……確實如此。反正我就是正常生活，要是出了什麼狀況再想辦法解決就好。」

「這樣就對了。話說～那個……」

說到這裡，她突然停了下來。

還露出沉思的表情──

「……我們都想清楚了。」

──這句話突然混進日常對話之中。

她若無其事地說出這短短的一句話。

可是，我聽得出來那是暗號。那是告訴我接下來就要開始討論正題的暗號。

「最近這陣子……我們看到你的各種面貌。透過霧香的幫忙，我們認識到許多人心目中的你……秋玻跟我想了很多，最後終於做出結論了。」

「……是嗎？」

我點了頭，對春珂露出笑容。

「謝謝妳們認真地為我想那麼多。」

「呵呵，不客氣。」

春珂也揚起嘴角，瞇起眼睛。

我默默注視著那張臉，把它深深烙印在腦海之中。

「只是啊～」

說到這裡，春珂有些困擾地皺起眉頭。

「我們兩個的想法有些不同。秋玻跟我得到了不一樣的結論，我們想要給你的建議也不一樣。」

「這樣啊……」

「所以，嗯，我們想要輪流告訴你結論。那個，有件事得說在前面，你要怎麼看待我們的結論都無所謂。你要選擇誰的提議都行，就算兩個都不選也行。只是，如果你願意實現我的一個要求……」

春珂再次笑了。

她露出看似毫無後悔，也完全沒有迷惘與恐懼的表情——對我微微一笑。

「——因為這可能是最後一次了。」

春珂明確地這麼告訴我。

「這可能是我們還能以秋玻和春珂的身分跟你說話的最後一次機會了——嗯，我希望你能好好聽我們說完。」

「……嗯。」

我暗自做好覺悟。

把春珂說的每一句話放進心裡——並且點了頭。

原來如此，這果然是最後的機會了嗎？

「我明白了……我會聽的。」

「……謝謝你。那麼，關於順序這部分……」

說完，春珂稍微看向上方，像是在找尋什麼。

然後她短暫停頓了一下，接著點了頭。

「……秋玻差不多要醒來了。那就從秋玻開始吧。」

＊

「——午安。」

「嗯，午安。」

秋玻抬頭看向我。

我們莫名鄭重地互相問候，然後對著彼此一笑。

現在明明是這種狀況，我卻有種不可思議的心情。秋玻和我都很平靜。

「春珂……已經都告訴你了吧？」

「嗯，我聽說了。」

「是嗎？那麼……可以讓我先說嗎？」

「嗯，那就麻煩妳了」

口氣也跟平時毫無分別。

這不是在逃避現實。我們肯定——都想盡量仔細吟味這段可能是最後相處的時光。

「……我明白了。」

秋玻點了頭——輕輕地深呼吸。

然後她筆直看著坐在對面的我，開始說了——

「……我這陣子看到了你的各種面貌。不光是我認識的你，還看到了我不認識的你。有任性的你、帥氣的你，甚至是可愛的你……聽到時子對你的評價時，我還忍不住笑了出來……」

秋玻搗著嘴巴偷笑。

「聽到她那麼說，我也嚇了一跳。」

我也跟著笑了。

「可是，我也發現原來每個人的看法可以差那麼多。嗯，那種看法真的很新鮮。」

「對，我也這麼覺得。」

秋玻深深地點了頭。

「大家心目中的你都不是毫無根據。至少對當事人來說，你在他們心中的樣子都是真實的。他們並非看法極端，也不是抱著偏見……嗯，如果我站在跟他們一樣的立場，八成也會對你抱有同樣的印象吧。」

說到這裡，秋玻第一次露出有些憂鬱的表情。

形狀好看的眉毛皺起，照在她身上的陽光閃了一下。

看來是風從敞開的窗戶外面吹了進來。窗簾輕輕地隨風搖擺，讓社辦裡的影子不斷變形。

「所以——我動搖了。」

秋玻小聲地這麼說。

「你在我心中的形象動搖了。」

這句話聽起來像在坦白自己的罪過。

秋玻的口氣變得痛苦，彷彿她背叛了我一樣。

「原本那個內心纖細、個性認真、溫柔體貼的文學少年形象……被大家指出許多我從未發現的特點，讓我的腦袋變得一團亂。不，我現在也還沒釐清，這是怎麼回事？到底哪個才是真正的你？難道我心目中的你是冒牌貨嗎……？如果只是看到你全新的面貌倒還無所謂，但事實並非如此，其中還有些互相矛盾的觀點，有些人對你的印象甚至完全相反。那到底誰是錯的呢……？」

說到這裡，秋玻輕輕吐了口氣。

表情看起來相當激動。

雖然秋玻做了幾次深呼吸試著改變心情，好像還是無法讓自己恢復平靜。

「可是，嗯，我突然想到了。」

秋玻低頭看向桌子，瞇起了眼睛。

「伊津佳和修司同學曾經說過，他們並不覺得現在的你奇怪……」

「……嗯，他們是這麼說過。」

在我們去修司家那天，他們確實這麼說過。

儘管我是當事人，卻無法理解他們為何這樣說。

我的個性明明這麼不穩定，怎麼會不奇怪呢？這種事真的有可能嗎……

「對於他們的這種說法，我也不是不能理解……」

可是，秋玻臉上露出有些鬆了口氣的笑容。

「剛開始我並不這麼想，但仔細思考之後，我發現自己好像也可以理解了……大家心目中的你不是假的，我心目中的你也不是假的。雖然確實有些難以接受的地方……但我反倒覺得這很自然。」

秋玻──露出找到解答的表情。

那是心中沒有迷惘與不安，不管今後發生什麼事都能接受的表情。

秋玻很自然地接受了自己的想法，以及她所找到的解答。

──這讓我有種被她拋下的感覺。

她說那種說法令人難以接受，這我完全可以理解。

我的個性變來變去，他們竟然說不奇怪？這是為什麼？

「……那我……」

實際說出口後，我發現自己的聲音非常沙啞。

千代田老師叫我振作，我就真的振作了起來。

而那個魔法正在不知不覺中逐漸解開──

「我到底是個什麼樣的人……我的個性是什麼樣子？腦袋裡又在想些什麼……」

「──全部都是。」

秋玻如此回答。

「那些面貌全部加在一起，才是你這個人不是嗎？我還不太清楚該怎麼解釋……也不知道你最後到底是什麼樣子。可是，我覺得那些面貌可能全都是你。」

──一股強烈的感覺竄過背脊。

那種感覺就像是站在漆黑的洞穴上方，也像是全身赤裸站在一望無際的草原上，更像是竄過背脊的寒意。

隔了短短一瞬——我才發現那種感覺叫作不安。

「所以……沒錯，我覺得你不需要勉強自己，非得認定自己是個什麼樣的人。只要繼續活下去，說不定總有一天可以找到某種答案，但也可能什麼都找不到……可是，我覺得就算那樣也沒關係，那並不算錯誤……」

——我想做一貫的自己。

——不想繼續演戲，想以一貫的自己跟大家相處。

然而——她竟然說那些面貌全都是我？

我有種眼前的景象猛烈搖晃的感覺。

這不就跟我要的……完全相反了嗎？互相矛盾，一團混亂，缺乏一貫性。

如果那就是我這個人的樣子——我從明天開始該如何做人處事？又該怎麼跟別人相處？

那是一種永無止盡的不安。

就像在沒有燈光與星星的情況下渡海，也像在停電的建築物裡不靠緊急指示燈逃跑。我必須在沒有任何基準的情況下活下去。

我試著想像那種生活。

在不知道自己是哪種人的情況下醒來，在不是任何人的情況下去上學，用空洞的心靈跟朋友相處，過著空轉的每一天。

那是熱鬧且色彩繽紛的「空虛」，也是永遠受到祝福與歡迎的「無意義」。

──我做不到。

我明確地這麼認為。

我不可能做到那種事，也實在無法忍受。

我無法接受那樣的自己，無法認同那樣的人生。

「……」

我突然驚覺。

然後抬頭看向秋玻。

──她……

眼前的秋玻──正注視著我。

她露出有所領悟的表情，臉上掛著淺淺的微笑。

彷彿她已經明白接下來要發生的事情，以及自己的命運──

「……謝謝你願意聽我的想法。」

秋玻用音量不大卻很清楚的聲音這麼說。

「我要說的話就是這些了。接下來……就輪到春珂了吧。」

可是我——一句話都說不出來。

我不知道該對眼前的秋玻說些什麼。

正當我還在迷惘時，秋玻微微歪頭。

「再見，矢野同學，請你幫我向她問好——」

說完，她就這樣低下頭——

＊

「——我覺得自己認識的你才是真的！」

春珂抬起頭，對我這麼說。

「不是別人心中的你。我覺得自己心目中的你才是真正的你！」

沒有任何開場白，她劈頭就對我這麼說。

這句話蘊含著強烈的意志，以及她絕不退讓的願望。

我忍不住笑了出來。之前那種緊張的感覺像騙人的一樣消失不見了。真是太好了，就連在這種時候，春珂也還是原本的樣子……

也許是感受到我的放心，春珂也稍微放鬆地笑了。

「那個……我這陣子也確實看到了你的各種面貌。」

呼吸平息下來後，她慢慢地開始說明。

「我有時候會羨慕，有時候會覺得好笑，而且……嗯，老實說，有時候也會有讓我覺得不是很喜歡的地方……」

……嗯，原來如此。

我隱約明白春珂為何會露出痛苦的表情了。

她們肯定也去跟不是很喜歡我的人打聽過了吧。在霧香、秋玻與春珂最後一起行動的那一天，我還在想她們打算做些什麼，心裡覺得奇怪。如果她們是去做這樣的事情，那我也可以理解了。

我能理解她們這麼做的意義——更重要的是……

如果是霧香，就會毫不留情地讓她們見識到我不好的一面。

不，別說是毫不留情，她可能還會開開心心地去做這件事。

「所以，嗯……我已經完全搞不懂到底什麼才是真的了……這讓我有些害怕，彷彿我所認識的你離我越來越遠……不，這麼說好像不是很正確，反倒像是在說『矢野同學』這個人從一開始就不存在……」

——啊，我可以理解。

現在折磨我的就是這樣的恐懼。

跟秋玻聊過以後，我覺得自己接觸到了無止盡的恐懼。

那是一種彷彿——「我所知道的我根本不存在」的恐懼。

我現在正感受到跟春珂一樣的恐懼——

「……對於大家的說法，我確實不是完全無法理解……」

春珂垂下目光，說出這樣的話。

「大家應該沒有說謊，也沒有加油添醋。我想你也是真的具有那些特質，不管是粗魯、可愛，還有，該怎麼說……有些壞心眼又不好相處……可是！」

說完，春珂朝我探出身體。

「可是……！我還是……」

「——我還是相信自己比任何人都要了解你！」

——當我發現的時候，她的眼眶已經充滿了淚水。

春珂緊咬下脣，露出快要哭出來的表情——說出自己的想法。

「在這一年……我比任何人都注意你！不是伊津佳，不是修司同學，不是霧香，不是細野同學，不是時子，不是古暮同學，不是Ｏｍｏｃｈｉ老師，也不是北村同學！」

——北村同學。

我幾乎不記得這個名字了，這個人是誰……經她這麼一說，我才發現這個名字有點耳熟……

只是，在我思考這種問題之前——

「所以——我相信自己。」

春珂明白地如此宣言。

「你確實有著各種不一樣的面貌，可是，我心目中的你……絕對是最真實的。那才是你的核心……」

然後——春珂拉起我的手。

她的手很冰涼。

力量卻強得令人驚訝，緊緊包覆我的手掌——

「所以——」

春珂像在祈禱，繼續緊握著我的手。

「——我希望你繼續做我認識的那個矢野同學。」

——這句話感動了我的心。

不知為何，她筆直注視著我的視線，還有從手掌傳來的體溫……都讓我感受到——某種像是救贖的溫暖。

然後我發現了。路好像稍微敞開了，光芒從小小的隙縫射了進來。

腦海中……有種無法控制的想法。

啊啊——如果是這種要求，我就能做到。

我有辦法成為春珂渴望的那種人——

自從作了那場夢以後，我發現自己不愛秋玻，也不愛春珂，覺得眼前存在著一道高牆。

那是我無論如何都無法跨越的高牆。

當然也不是不能打穿一個洞鑽過去，但我沒有那種力量。

我無能為力，只能傻傻地站在那道高牆前面——

所有的一切都是這樣。

不管是我自身的生存之道，還是我跟秋玻與春珂之間的戀情，這一切都讓我有種無法跨越的沉重壓力，擋住我的去路。

我確實能夠理解秋玻所說的話。

她認為我的所有面貌可能都是真實的，其中也許沒有任何虛假。

我覺得那種想法很誠實，很有說服力，也非常正派。

可是——我還是會畏懼。

我覺得當我接受那種想法的時候，自己將會四分五裂。

如果各式各樣的自己都不是虛假的，那真正的自己到底在什麼地方呢？我的核心到底在哪裡呢？那是一種跟自己消失不見同樣可怕的感覺。

那也是——我無論如何都不可能做的選擇。

我跟秋玻與春珂之間的戀情也一樣。

——兩個都不喜歡？

……事到如今，我怎麼可以做出那種選擇。

我跟她們已經有過許多情感上的交流。她們重視我，我也重視她們。不管是想要她們喜歡自己的渴望，還是渴望碰觸她們身體的煎熬，都是我貨真價實的願望。正因為如此，她們才會同樣用感情回報我。

我們花了很長的時間培養感情，我相信那些我們一起走過的日子就是最好的證明。

可是……我竟然兩個都不喜歡？

事到如今，我竟然發現自己其實兩個都不喜歡……？

這是不可能的事。我不能容許這種事情發生。

更重要的是——我無法原諒自己。

所以——

「……謝謝妳。」

——我如此回答，聲音充滿著連自己都驚訝的感動。

「謝謝妳願意對我這麼說……我很高興……真的很高興……」

我緊緊握住春珂的手。

同時低頭忍住快流出來的淚水——

春珂找到的答案是，她心目中的我就是真正的我。

如果這就是答案——我覺得自己有辦法做到。

如果是春珂渴望的那個我，我就能一直做下去——

沒錯，教育旅行那天發生的事情又重演一遍了。就是我們在生駒山上遊樂園做出的那個約定。

她們當時說要成為我的第一個不變之物——

那一天也是這樣。面對差點迷失自己的我，她們兩人伸出了援手，給了碰觸到內心矛盾的我一個方向。

而春珂現在再次說出同樣的提議。不是兩個人一起，而是春珂一個人要成為我生存之道的指標——

我喜歡春珂口中的那個我。

內心纖細，個性溫柔，但在春珂面前又很愛笑。雖然有軟弱的地方，但春珂會為我補足。我也喜歡這樣的關係。

我希望自己變成那種樣子，也覺得自己有辦法變成那種人。

而我的這個決定——也決定了我們這段三角戀情的結局。

我決定接受春珂渴望的那個我，也決定接受春珂的願望。

這就代表——我選擇了春珂。

關於我們三人之間的戀情，我過去一直得不到答案，反覆思考了許久。

而我最後的答案就是，我選擇了春珂——

就連這樣的事實——都讓我有種得到救贖的感覺。

那個「其實我兩個都不喜歡」的預感就像一場惡夢。而我成功擺脫了那樣的惡夢。我可以坦率地喜歡春珂了，這至少是一種救贖。我希望自己是那個樣子，也覺得自己能變成那種人。

沒錯，春珂讓我看到了可能性。

不管是我喜歡春珂，還是我就是春珂心目中的我。

比起我其實兩個都不喜歡，所有面貌全都是我這種無比嚴厲的答案要來得讓人舒服多了。

——我忍不住抱住春珂。

「……哇！」

春珂驚訝地叫了出來，但我實在無法克制自己。

為了絕對不放開她，也為了讓自己再也不會弄丟她，我用雙手緊緊抱住她。

春珂的腰細得讓我有些驚訝。然而，從我手掌傳來的感觸卻有些柔軟。她柔軟的胸部讓我有種難以壓抑的慾望，搔弄鼻腔的髮香讓我心裡小鹿亂撞，感受到的體溫也讓我覺得可愛。

——我覺得這就是戀愛。

毫無疑問，我愛著自己懷裡的這位少女。

我強烈地如此確信，對這個想法有著無可動搖的實際感受。更重要的是——這股快要從心中滿溢出來的情感。

那場夢到底有何意義？當時的預感也不過像是一種幻覺。

這一刻，我清楚地明白自己的心意。

而我的一切愛情——全都屬於春珂。

我再也不想放開春珂了——

「……矢、矢野同學……」

春珂看起來有些難受，用略為慌張的語氣這麼說。

「對、對不起……我馬上就要跟秋玻對調了，所以……」

「……啊！這、這樣啊！」

我趕緊放開抱住她的雙手。

我剛才完全沉浸在思考的世界中，沒發現已經過了十五分鐘……

實在不能讓她在這種狀態下跟秋玻對調……

「……謝、謝謝你。」

當我發現時——眼前的春珂已經露出我從未見過的興奮表情。

「你願意對我這麼做……我好開心。謝謝你接受我的心意……」

她的臉頰紅得像剛結束長跑，雙眼濕潤得像是隨時都會流下眼淚。

聲音也變得尖銳，雙腳不停動來動去——那模樣甚至能讓人感受到她的情慾。

然後——

「……要幸福喔。」

她不知為何——非常悲傷地這麼說。

「我們……一定要幸福喔，矢野同學……」

……我能感覺到話語中有種含意。

背後明顯藏著春珂的「煩惱」——

可是——在我問起之前，春珂就微微低下頭。

停頓了短短幾秒鐘後，秋玻抬起頭來。

她的臉頰還是紅的，眼眶也是濕的，卻露出平靜的表情，看起來不太協調。

充滿我心中的幸福感突然——轉變成痛楚。

我不知道該對她說什麼。

我選擇了春珂的提議，決定要做她心中的我。所以，我必須告訴秋玻這件事。

可是——我無論如何都說不出口。

我不知道該怎麼告訴秋玻這個過於殘酷的事實，以及她不願見到的結局。

「……」

秋玻一句話也沒說，只是默默注視著我。

然後——她稍微動了動身體。

「這樣啊……你做出決定了對吧？」

她臉上露出笑容，小聲地這麼說。

「你選擇了她——春珂對吧？」

——不知為何，秋玻的表情……

微微垂下目光的她的表情——

比她過去讓我見到的任何笑容——都要美麗。

尾聲
Epilogue

【序章】

Bizarre Love Triangle

三角的距離無限趨近零

——我要永遠記住這一幕。愣了一下後，我這麼想著。

秋玻全都理解了。即使如此，她還是堅強地露出微笑看著我。

雙眼逐漸變得比剛才還要濕潤，嘴脣也緊緊閉在一起。

我確實曾經愛過秋玻。

我跟她在開學典禮前的教室裡邂逅，並且墜入情海。這是不爭的事實。

可是經過了一年的時間，我在不知不覺中愛上了別人。

事到如今——我並不打算為自己辯解。

也不打算隨便對她說些什麼。

我現在心中充滿了對秋玻的感謝與愧疚，還有……無論如何都無法壓抑的好感。我想那恐怕是——友情吧。

我把這些情感全都放在心裡，只想著不要忘記現在的她。

我無法回應她的感情，無法用愛情回應她的愛情。

我決定狠狠地傷害她。

或許這不算罪過，也或許不算不真誠與錯誤。

可是，我還是害她陷入深深的悲傷。出於自己的意志，讓她陷入了不幸。

所以我希望至少要一輩子記得這種痛楚與現在的她。

我要把秋玻站在我面前的身影，還有她即使萬分悲傷也要筆直注視著我的樣子，永遠烙印在心裡。

這是我現在唯一能做的事情——

秋玻——無力地低下頭。

事情來得很突然。

完全沒有前兆。

「……秋玻？」

事情太過突然——讓我像個笨蛋似的這麼說。

秋玻動也不動。她發生什麼事了？

可是，這種狀態只維持了幾秒。

「……嗯？」

——她又醒來了。

春珂——醒過來了。

「……啊、噢……已經對調了嗎？」

春珂對著我傻笑。

她看起來很害羞，用有些尷尬的表情看著我。

「嗨……嗨，矢野同學……我們又見面了呢……」

「是……是啊……」

我邊說邊反射性地看向時鐘。

我並沒有確認過她們剛才對調的時間，所以並不曉得正確的數字……

——可是，她們對調的時間變得超級短了吧？

別說是十五分鐘，秋玻剛才出現的時間——應該連一分鐘都不到吧？

——我有種背後被灌進冰水的感覺。

我記得這種感覺——還記得這種兩個人格出現的時間都變得超級短的現象。

那是去年春天發生的事情。剛認識秋玻與春珂的時候，我經歷過同樣的事。

我還記得當時發生在她們身上的狀況是什麼——

也記得這種現象代表的意義——

「……那一刻終於來了。」

春珂一邊這麼說一邊坐在旁邊的椅子上。

「雖然拖了很久……嗯，現在就是那一刻了……」

——她的表情看起來十分平靜。

就好像她早就知道事情會變成這樣。

那是已經接受這種命運的表情——

我全身上下都起了雞皮疙瘩。那一刻終於到來了。

我一直懼怕的結局正在我眼前上演。

——雙重人格要結束了。

「……找老師。」

我說出這句話的聲音抖得很厲害。

「總……總之……先跟老師聯絡吧。」

這應該是最優先要做的事。

在這種情況下，肯定沒有什麼是我和春珂能做的。

所以我要先跟大人報告這件事——

「嗯，謝謝你。」

春珂依然坐在椅子上，輕輕地點了頭。

我趕緊伸手去拿口袋裡的手機——不小心手滑了一下。

伴隨著碰撞的聲音，手機掉到地板上。我趕緊撿起手機。螢幕已經裂開了，但現在不是在意這種小事的時候。

我用手指在螢幕上滑動，看來手機還在運作。我趕緊打開通訊錄，想找出千代田老師的電話號碼。手指抖個不停，害我按錯了好幾次。

儘管差點打錯電話給無關的人，最後還是成功打給「千代田百瀨」了。

然後——

『——喂？』

按下通話鈕後，立刻就開始通話。

我聽到千代田老師的聲音——

「……老師。」

我用顫抖的嘴勉強擠出聲音。

「秋玻她——春珂她——」

『——開始了嗎？』

老師的聲音變得有些僵硬，讓我越來越緊張。

「……對。」

最後只能如此回答。

『我明白了。我先確認一下，你跟她們兩個都在社辦對吧？』

「是的……」

『那你們待在那裡別亂跑。我馬上聯絡秋玻與春珂的家人，還有醫院的相關人士。他們很快就會趕過來，你不需要擔心。你要好好觀察她們，要是有什麼異狀，記得立刻跟我聯絡。』

千代田老師迅速下達指示。

彷彿她已經在腦海中演練過無數次，說得非常順暢——

這讓我強烈感覺到——這是真正的緊急狀況。

『有什麼問題嗎？』

「……老、老師！」

心跳聲太大了，害我無法調節音量。

我用莫名的大音量向千代田老師如此問道：

「有沒有什麼……我能幫忙的地方！我現在有什麼該做的事情嗎！」

我知道這是個蠢問題。

可是，我實在靜不下心。在這種瞬息萬變的情況下，我也想做點事情。

然而——電話另一端的老師似乎輕輕笑了。

接著……

『……別擔心。』

千代田老師好聲好氣地這麼說。

『矢野同學，你只要陪在她們身邊就夠了。』

「……我明白了。」

『那我先掛斷了喔。我還要跟很多地方聯絡，不過要是發生什麼事，你還是可以直接打過來。』

「好的，謝謝老師……」

我切斷通話，茫然地把手機放回口袋。

就在這時——

「——矢野同學。」

——我聽到她的聲音。

是秋玻。她在不知不覺中從椅子上站起來——走到我面前。

「對不起……事情突然變成這樣，害你嚇到了……」

「不，妳別這麼說……我沒事……」

「我想，我們接下來應該會」「變得非常不穩定。」

——我覺得不太對勁。

「基本上應該是秋玻」「出現的時間變短了吧？可是，我想八成連這種狀態都不會一直持續下去……嗯，哈哈」「哈。你肯定會連要跟我們說」「話都變得很不方便。嗯，對不起喔……」

——眼前的景象很奇怪。

我需要一點時間才能理解正在發生的事情。

——她們對調了。

秋玻與春珂——正以前所未有的速度不斷對調。

連一句話都還沒說完，她的口氣和表情就改變了——

正常人絕對不可能出現這麼不自然的變化——

這樣的對調——每過幾秒鐘就會發生一次——

而且記憶並沒有中斷。

儘管人格正在不斷地迅速對調，她們——也試著要告訴我自己內心的想法。

「矢野同學……事情變成這樣，我覺得很抱歉……可是，因為這」「件事很重要，你應該早就知道了，但」「還是得告訴你。」

然後——她們兩人笑了。

表情看起來有種得到解放的感覺。

那是終於可以脫離苦海的開朗表情——

「雙重人格很快就要結」「束了。我猜結束後會留下來的人……是更能肯定自己的那一」「方。沒錯，雖然主治醫師沒有」「這麼說，但我就是明白，明白這是怎麼回事。在秋玻與」「春珂兩個人之中，只有更能認定自己才是自己的那一方會留下來。」

——她們是這麼說的。

我聽完她們輪流做出的說明……

「……那沒有留下來的一方會怎麼樣？」

然後——說出這種無須多說的廢話。

問了這個沒有其他答案的問題。

「——會消失。」

秋玻明白地這麼回答。

「消失不見，再也不會出現。」

春珂繼續說下去。

我心想，原來如此。

原來秋玻與春珂之中有一個人會消失。

她們兩人的結局實在過於殘酷。

可是——我並不驚訝。

我毫無抗拒地理解了這個事實。

就像是喝下一杯溫水，也像穿上常穿的T恤一樣。

——其實我早就知道了。

秋玻出現的時間變得非常短暫。

這就代表雙重人格即將結束，這種現象就跟去年春天那時候一樣。

——能夠肯定自己的人會留下來。

——無法肯定自己的人就會消失。

沒錯——她們早就註定會是這種結局。

秋玻與春珂這兩個人格其中之一，註定會從這個世界上消失。

她們兩人就像是快要壞掉而不停閃爍的日光燈，在我眼前不斷對調。

表情就像是出現臭蟲的遊戲畫面，迅速地變來變去。

她們看起來十分虛幻，我甚至覺得就算她們直接變成透明，就這樣消失不見也不奇怪。

——我還發現另一件事。

結論肯定還沒出來。

現在還不確定要消失的人是誰。

那麼——這件事要怎麼決定？

到底該怎麼做才能讓她們肯定自己的存在——

關於這個問題的答案，其實我也明白。

雖然明白，卻一直假裝不知道，就這樣拖到今天。

一方面是因為害怕，另一方面是因為不願相信。最重要的是，我覺得這種事情太不真實了。

可是——我現在終於被迫面對這件事。

她們用明確的話語向我如此懇求。

「……對不起……矢野同」「學。」

秋玻與春珂一臉歉疚地皺起眉頭。

「拜託你做這種事」「情，我真的很抱歉……可是，沒錯，這是我和」「我最後的願望了。」「所以……要是你能答應，我會非常開心。」

秋玻與春珂往後退了一步。

她就站在我面前，筆直注視著我。

同時，她的表情依然變個不停。

正經八百的表情與柔和的表情反覆出現。

然後——她……

「你選擇的那一方會留下來。」

「沒選擇的那一方會就此消失。」

——明確地這麼告訴我。

然後，她微微歪著頭。

對呆立在原地的我這麼說——

「——選一個吧。」

後記

——《三角的距離無限趨近零》是什麼意思？

這就是這一集的主題。

大家好，我是岬鷺宮，感謝各位願意拿起本書。

我休息了一段時間沒有寫作，但還是托各位的福重新回來了。我今後會多加注意身體，繼續寫作，還請大家多多指教……

然後，我想聊聊這本《三角的距離無限趨近零7》。

我想在讀到這一集的讀者之中應該有不少人已經發現，這部作品存在著兩面性。

分別是——

「矢野、秋玻與春珂的三角關係愛情故事」這一面。

以及——

「矢野、秋玻與春珂找尋自我的故事」這一面。

我基本上是以前者為主軸，同時暗中讓本作兼具後者這一面。

重新確認這種兩面性過去是如何結合在一起，就是這本第七集的目的之一。當然，故事的主軸還是三位主角的關係進展。

不曉得已經看完本書的讀者有何感想，有沒有從中得到樂趣……

在前面每一集發生的事件全都是有意義的。不光是作為愛情故事，也包括作為自我成長故事的意義。如果大家能隱約感受到我的用心，那我會非常開心。

然後，如果您完全沒注意到這些地方，也能夠享受這部作品，那我也會非常開心。因為我費了很多心思，讓這部作品可以有多方面的樂趣。

如果這本兼具兩種樂趣的《三角的距離無限趨近零》這次也能讓各位看得開心，將是我無上的喜悅。

對了，還有一件事。這部從２０１８年開始連載的《三角的距離無限趨近零》將會在下一集正式完結。

最後一集我已經寫得差不多了，應該能完成一部可以抬頭挺胸獻給各位的作品。請大家期待。

最後，我要感謝一直陪這部作品走到現在的各位讀者。

只剩下一集了，衷心希望大家都能見證矢野與××的戀情直到最後。

請大家多多指教。

岬鷺宮

一房兩廳三人行 1～4（完）

Kadokawa Fantastic Novels

作者：福山陽士　插畫：シソ

「暑假結束前，可以待在你身邊嗎？」
人氣沸騰的居家喜劇在此完結。

27歲上班族與兩名女高中生共度一個夏天的故事迎來高潮。始於未曾料想的契機，三人一同生活至今。各自的夢想、希望、遺憾與淡淡情愫膨脹到一房兩廳已經裝不下，帶來了振翅飛向未來的勇氣。每個人的決定、故事的結尾將會如何？

各 **NT$200~220/HK$67~73**

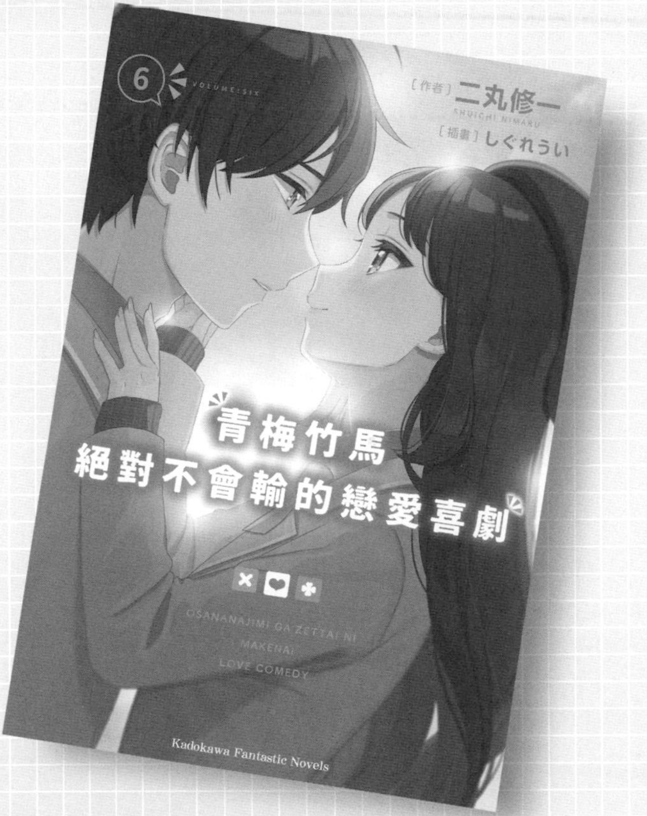

青梅竹馬絕對不會輸的戀愛喜劇 1~6 待續

Kadokawa Fantastic Novels

作者：二丸修一　插畫：しぐれうい

群青同盟將在大學校慶表演話劇，
與當紅頂尖偶像雛菊一較高下！

群青同盟接到在大學校慶登台表演的委託，演出劇碼為《人魚公主》。由真理愛飾演女主角，黑羽和白草也同台飆戲。而赫迪·瞬接到消息，帶著頂尖偶像雛菊一同出現。這時，真理愛的父母在她面前現身，身懷隱憂的真理愛跟雛菊引爆演員之爭！

各 **NT$200~240/HK$67~80**

青春豬頭少年不會夢到正義護理師

Kadokawa Fantastic Novels

作者：鴨志田 一　插畫：溝口ケージ

都市傳說「＃夢見」在學生間成為話題。
郁實藉此化身為「正義使者」助人？

寫下來的夢會應驗——這個都市傳說「＃夢見」在學生們的SNS成為話題。咲太目擊郁實藉此化身為「正義使者」助人，也得知她碰上了類似騷靈的現象，而且原因好像來自以前的咲太……？開啟上鎖的過去之門，青春豬頭少年系列第十一集。

各 **NT$200~260/HK$65~80**

【好消息】我的不起眼未婚妻在家有夠可愛。 1 待續

Kadokawa Fantastic Novels

作者：氷高悠　插畫：たん旦

樸素的同班同學成了我的未婚妻？
她在家裡真正的面貌只有我知道。

佐方遊一就讀高二，只對二次元有興趣。某天，不起眼的同班同學綿苗結花成了他的未婚妻？兩人開始一起生活，沒想到他們有一樣的興趣，一拍即合。「一起洗澡吧？」「我可是有心理準備要一起睡喔。」而且結花漸漸大膽到在學校無法想像的地步？

NTNT200/HK$67

國家圖書館出版品預行編目資料

三角的距離無限趨近零/岬鷺宮作；廖文斌譯. -- 初版. -- 臺北市：臺灣角川股份有限公司, 2022.05-
冊；　公分

譯自：三角の距離は限りないゼロ
ISBN 978-626-321-428-6(第7冊：平裝)

861.57　　111003455

Kadokawa
Fantastic
Novels

三角的距離無限趨近零 7

（原著名：三角の距離は限りないゼロ 7）

2022年5月12日　初版第1刷發行

作　者：岬鷺宮
插　畫：Hiten
日版設計：鈴木亨
譯　者：廖文斌
發行人：岩崎剛人
總編輯：蔡佩芬
編　輯：孫千棻
美術設計：吳佳昀
印　務：李明修（主任）、張加恩（主任）、張凱棋
發行所：台灣角川股份有限公司
地　址：104台北市中山區松江路223號3樓
電　話：（02）2515-3000
傳　真：（02）2515-0033
網　址：www.kadokawa.com.tw
劃撥帳戶：台灣角川股份有限公司
劃撥帳號：19487412
法律顧問：有澤法律事務所
製　版：尚騰印刷事業有限公司
ISBN：978-626-321-428-6

SANKAKU NO KYORI WA KAGIRINAI ZERO Vol.7

Edited by 電撃文庫
First published in Japan in 2021 by KADOKAWA CORPORATION, Tokyo.
Complex Chinese translation rights arranged with KADOKAWA CORPORATION, Tokyo.